致青春 073

草莓印

(02)

不止是顆菜　著

高寶書版集團

目錄

CONTENTS

第十一章　荼毒

有那麼幾秒，陸星延沒回過神。

沈星若的呼吸近在耳側，溫熱又濕潤，等她退開，那種癢癢的感覺好像還揮之不去。

陸星延緩慢地直起背脊，然後對上沈星若的視線，有些難以置信，「妳怎麼知道我在？」

沈星若看了他一會兒，忽然舉起手中手機晃了晃，然後走上前，從他手裡把手機換了回來。

兩人的手機是同一款，都沒裝保護殼，大概是打掃完拿錯了。

「我出校門的時候回頭看了一眼，好像看到你了，當時還以為眼花了。」

「後來發現拿錯了手機，我就想肯定沒看錯，畢竟依照你玩手機的頻率，我剛走你應該就發現手機拿錯了。」

當時她發現手機不對，第一時間就想，陸星延肯定在她身後沒多遠。

她還想站到牆邊，等陸星延過來的時候嚇他一下，沒想到那群小混混先來了。

「……」陸星延默了默，「妳怎麼不改名叫星若福爾摩斯？」

他的話脫口而出，都沒怎麼過腦。

說完才發現，「星若」這兩個字脫了沈姓，有點太過親密。

下一秒，他不自然地躲閃開目光。

沈星若倒沒在意，因為她根本就沒看陸星延，視線落在了自己的手機上。

想起剛剛陸星延拿著她的手機，裝作打電話找人來幫忙的樣子，沈星若不自覺彎了一下唇角。

轉頭和陸星延講話的時候，她的唇角又壓了下去，神色淡然，「你的演技還挺不錯的。」

陸星延頓了頓才反應過來她在說什麼，又解釋，「其實我一個人收拾他們也很容易，主要是還有妳，妳們女生就是麻煩，真動起手來還沒怎樣就腿發軟哭哭。」

沈星若抬頭看他，罕見地沒有把話堵回去。

好半天，她忽然說了聲，「謝謝。」

「……」

陸星延忍不住打量她好幾眼。

平日裡沈星若沒給他好臉色他都沒覺得怎樣，一下子變得這麼有禮貌，倒是有點不適應。

他摸了摸後脖頸，語氣很不以為然，「多大點事，再說了，妳被打了，我的面子往哪放？」

沈星若有點刮目相看，「你別的課沒怎麼學，《同學的自我修養》這門課倒是學得很不錯。」

「……」

「這不是沈老師教導有方嗎。」

說著，他還心血來潮，揉了一把沈星若的腦袋。

沈星若往旁邊躲了躲，「你是不是又往我頭上抹了一手灰，懂不懂尊師重道。」

「我沒嫌妳頭髮油妳還嫌我手髒？」

「我每天都有洗頭髮，你不要造謠。」

「我明天就去校報投稿，高二一班小提琴女神沈星若三天不洗頭髮五天不洗澡。」

「高二一班校霸陸星延覬覦沈星若絕世美貌，週五放學癡漢尾隨。」

「誰尾隨了？」

「誰尾隨誰心裡清楚。」

「欸我那是保持距離，妳不要造謠。」

兩人邊說話邊往巷子盡頭走，傍晚的夕陽將兩人的影子拖得很長，時而錯開，時而交疊在了一起。

陸星延和沈星若上車離開時，學校這邊還有很多同學沒有走。

上週補課沒有回家，這週大家要收拾的行李比較多。

翟嘉靜和石沁索性先吃了晚飯，才回寢室收拾行李。

收拾好後，兩人一起下樓去搭地鐵。

翟嘉靜忽然想起一件事，「對了沁沁，我要去古玩街那買枝毛筆。我弟弟他們小學不是開了第二才藝課堂嘛，都在學書法，我說了這週回家要帶枝新毛筆給他的。」

稍稍一頓，她又說：「沁沁妳要是急著回去的話就先走吧，我自己也可以的。」

石沁搖頭，「我不急，那我們去古玩街。」

兩人剛進古玩街沒多久，就見楊芳六神無主地往巷子外走。

石沁拉了拉翟嘉靜，「那不是二班的楊芳嗎？之前說過妳壞話的那個，她上次還在洗手間說星若壞話呢，嘴碎死了。」

「不過她是怎麼了，好像剛哭過啊……」

翟嘉靜看了看楊芳，然後反握住石沁的手，拉著她往前走，「算了，不關我們的事，走吧。」

石沁心想，也是。

只是邊往前走，還是忍不住邊回頭看。

很快便到週六傍晚。

陸星延在房裡打了一下午遊戲，還是沈星若過來敲門催他，他才起身洗澡。

頭髮吹得半乾，他打開衣櫃拿衣服。

本來準備隨手拿件棒球服，忽然想起剛剛沈星若過來時穿了件藕粉色的落肩T恤，看起來像是已經收拾好的樣子。

他的手頓了頓，換了件黑色外套，另一隻手勾起了一件薄薄的藕粉T恤。

吃飯的地方離落星湖有點距離，貧民窟仙女選擇搭地鐵。

這時外面正塞車得厲害，搭地鐵也算不錯的選擇，陸星延妥協了。

只是他們兩個一年到頭也難得坐兩次地鐵，沒想過外面塞車的時候，地鐵上的人也會特別多。

陸星延從上車起，整個人就不太好了。

可是見沈星若比他還受不了苦，一站還沒到就被擠得分外麻木的樣子，還特別好心地擋在她身後，不讓別人擠她。

這種成就感還沒享受兩分鐘，忽然有男生起身，拍了拍沈星若的肩膀，「那個……同學……妳坐、妳坐吧。」

男生耳朵都紅了，說話結結巴巴，連沈星若的眼睛都不敢看。

沈星若推辭了一聲，「謝謝，不用了。」

「真的，我很快就到了……妳、妳坐吧，妳是女生……」

附近其他站著的女生本來還在玩手機，聽到這話忍不住抬頭看他。

陸星延正在想：不是，你他媽連人家的眼睛都不敢看，還獻什麼殷勤？

女生們也在想：人家男朋友還活生生地站在這，你獻什麼殷勤？看人家長得漂亮就直說啊，還要拿女生當藉口，我們做錯什麼了？

男生發現自己這話說得有點不妥當，然後也發現了陸星延掃視過來的不甚友好的眼神。

見他和沈星若穿同樣顏色的衣服，男生忽然明白了什麼，愈發不好意思起來了，索性讓了座位就直接往人群裡鑽。

沈星若：「……」

周圍沒有需要讓座的特殊群體，她坐下了。

陸星延也順勢站到她面前。

他一手插在褲子口袋，一手握著扶杆，還有心思低頭調侃沈星若，「老弱病殘孕，妳是哪一種，還需要讓座。」

「……」

話音剛落，忽然到站停車，陸星延沒注意，往前趔趄半步。

沈星若伸手扶他，滿臉淡定，「我是哪一種你不用管，我看你是下盤不穩。」

「妳又造謠。」

「妳上次還造謠我腰不好，妳不要老是造謠我身體有問題，我腰好不好妳還不知道？」

陸星延也是很愛面子了，一提起身體上的問題就特別在意。

沈星若沒接話，想了半天都沒想明白她為什麼要知道。

而且，她是真的不知道。

就在她沉默思考時，旁邊的幾個中年婦女都開始用異樣的眼神打量他們兩個。

那眼神太過赤裸，彷彿在說：「現在的年輕人，地鐵上聊這種話題，真是世風日下傷風敗俗臭不要臉。」

陸星延還想了半秒才明白，又對沈星若說：「……我不是那個意思，我是說我的腰沒問題妳知道……不是，算了，反正妳以後會知道的。」

沈星若：「……」

我又做錯了什麼？

我不想知道。

兩人一路沉默坐完地鐵。

到了吃飯的地方，沈星若先一步進去，陸星延在外頭抽了根菸才往裡面走。

這家店是許承洲他們挑的。

這群少爺平日裡都特別講究，只有吃東西這件事能讓他們偶爾紆尊降貴。

沈星若進去才發現，餐館外面看起來平平無奇，裡面卻是爆滿，還有一小塊地方放著塑膠凳子，很多人坐那裡等位子。

至於環境，也就比上次那家差點坑掉他們四百五的蒼蠅館子稍微好一點了。

好在許承洲他們到得早，翟嘉靜、石沁、李聽也到了，看了一圈沒見到何思越，沈星若問了一聲，石沁說班長去買飲料了。

她點點頭，坐下。

剛好陸星延也抽完菸進來。

一群男生跟他打招呼。

李乘帆順便調侃，「若姐，妳就只關心班長有沒有到，也不關心一下妳的隔壁桌。」

沈星若和陸星延對視一眼，又若無其事般岔開話題，「那都齊了，點菜吧，你們有人吃過嗎？」

陳竹揚了揚手裡菜單，一臉求表揚的表情，「我我我！我來吃過，我先點幾個特色菜，這幾個都是必吃的，絕對不會點錯！」

大家都沒意見。

陳竹點好之後，菜單又一路轉過去，女生們還比較矜持，男生們就沒那麼講究了。

李乘帆和趙朗銘一起看菜單，趙朗銘往菜單上戳戳戳，「這個、這個也不錯，蟹柳我也喜歡，也點上。」

李乘帆：「你也沒什麼不喜歡的啊，什麼天皇貴胄要吃這麼多。」

本來大家正在聊天，一聽到這話都安靜了一下子，然後石沁忍不住噗哧笑出了聲。

陸星延在玩手機，唇邊扯了扯笑，一腳踹上李乘帆的凳子，「你他媽以後別說認識我，也太沒有文化了，還天潢貴胄，那字念冑，跟我讀，ㄓㄡ，第四聲，哥哥。」

「什麼冑，不是天潢貴冑？形容冑很金貴？」

李乘帆傻了一下。

大家都憋不住瘋狂地笑出聲。

陸星延還挺有優越感，又教育他，「閉嘴吧，以後不會用成語就別用，免得茶毒我們這些大好少年。」

空氣安靜一秒，這次笑聲變得更加瘋狂。

沈星若接受能力已經很強了，這幾個人說什麼都不算稀奇。

她邊用熱水燙碗筷邊糾正他，「是荼毒，那字念荼，跟我讀，ㄊㄨ，第二聲，哥哥。」

哥哥。

聽到這兩個字從沈星若口中說出來的時候，陸星延整個人都像通了電似的，麻了一下。

她的聲音是清清冷冷的，可「哥哥」這兩個字落在他耳朵裡，卻聽出了點甜甜的味道。

很見鬼。

他心裡忽然想要再被她羞辱一次。

但除了他，其他人好像都不覺得，沈星若按照他剛說過的話噎他一遍有任何其他意思。

許承洲拍桌瘋笑，「荼毒哈哈哈哈哈真是笑死人！」

「不是，延哥你還那麼認真的說我，不行了哈哈哈哈，笑得我肚子疼……」

李乘帆抱著肚子一抽一抽的。

陳竹白了他們一眼，滿臉嫌棄，「你們幾個真的是丟死人了，都閉嘴吧。」

和陸星延比較熟的嘲笑起來自然沒什麼顧忌，但四〇三寢的三個女生還有阮雯，都是想笑卻不敢笑，只好掩唇半憋著，憋得臉頰通紅。

陸星延回過神來，睨了他們幾個一眼，又隨手拿起筷子在碗邊敲了幾下。

「有什麼好笑的，傻子一樣，要不要給你們一人配一個碗蹲路邊要飯，讓你們笑個夠？」

他剛說完，許承洲就很不給面子地「噗哧」一聲，又帶領了新一輪的嘲笑。

不知道是不是因為沈星若最後那聲「哥哥」，陸星延這時一點脾氣都提不起來，連帶著對這幾個飄到天上的光明頂教徒也格外仁慈，只是冷眼瞧著，並沒有什麼動作。

沒一會兒，何思越提了一袋飲料進來。

見他們在笑，他也笑了一下，隨口問：「都到了啊，你們聊什麼呢，這麼開心。」

「班長我跟你說，剛剛陸星延……」

李乘帆剛開口，對他仁慈了五分鐘的陸星延就冷不防一腳踹上他的椅子，態度來了個一百八十度大轉變——

「你這麼會說怎麼不去說相聲，反正成績也就是這樣了，學一門手藝還能不讓你餓死。」

李乘帆被踹得往趙朗銘身上一歪，撐著椅子邊坐起來，邊笑邊說：「不是，我現在去學手藝，那不是沒機會茶毒你這個大好少年了嗎？」

說完他暗暗表揚了一下自己可真是個小機靈鬼，腦袋瓜轉得也太快了，然後又憋不住開始「哈哈哈哈」瘋笑起來。

「帆爺你真的是個『狼』人……」

趙朗銘剛喝了口水，一下沒忍住又噗哧了出去。

何思越聽不懂，把塑膠袋放桌上，又把買的飲料都拿出來。

他買的飲料裡有檸檬茶、紅茶，還有茉莉花茶。

許承洲坐何思越旁邊，一見這些就直搖頭，嫌棄地把茶挪遠了點，一本正經道：「不行不行我不喝這個，茶毒，茶有毒。」

「噗……」

「哈哈哈哈哈……」

「不行了真的，我要笑死了！」

陸星延這輩子沒受過這種委屈，被嗆了半天，偏偏也沒有很生氣。

沒過多久，菜上了桌，陸星延把外套脫下來。

只有李乘帆評價了一句「欸延哥你夠騷啊還穿粉色」，其他人都沒在意，更別提把他的衣服和沈星若的聯想在一起了。

也不能怪誰，實在是今天這些人撞色的太多。

要說撞個藕粉都是情侶裝，陳竹還和許承洲撞了螢光綠，那不就成了螢火蟲夫妻了。

這是一家川菜餐廳。

他們點的主菜是雙層紫蘇蛙蟹鍋，另外還有蛙蟹吃完後可以放進去的配菜，以及一些小炒、燒烤。

沈星若試了一道椒香魚片，魚片很嫩，口味也不錯。

可圓桌轉來轉去，那道菜她每次還沒夾兩下就被轉走了。

她其實不是拘謹的人，但她以前經常和爸媽出門吃飯，早就養成了在圓桌上從不轉菜的習慣。

陸星延坐在她對面，好幾次不經意覷她，發現她都不動聲色地盯著那道椒香魚片。

陸星延喝了口水，忽然喊：「許承洲你別他媽一直轉，玩陀螺嗎，把那個雞丁轉到我這裡來。」

宮保雞丁在椒香魚片的正對面，等雞丁到了陸星延面前，椒香魚片也正好轉到了沈星若面前。

沈星若好像想到了什麼，正準備抬頭望一眼。

冷不防旁邊何思越忽然夾了塊魚片放到她碗裡，「我看妳好像很喜歡吃這道菜，多吃一點。」

「……噢，謝謝。」

何思越笑，「妳是不是小時候就喜歡吃魚，我從小聽老人說，喜歡吃魚的人頭腦會聰明。」

沈星若說：「也沒有從小喜歡，主要是以前在匯澤，那邊漁業比較發達，不管到哪都能吃到魚。」

「說起來，我也去過一次匯澤，匯澤……」

「……」

陸星延萬萬沒想到，這一筷子雞丁他還沒夾到碗裡，對面那兩位倒先聊上了。

何思越和沈星若聊得還挺不錯，起碼不會聊著聊著出現「天潢貴胃」和「茶毒」之類的奇怪詞語。

見沈星若細嚼慢嚥地吃完一塊，何思越準備再幫她夾一塊。

沈星若推託，說自己來就可以。

兩人正說話，陸星延忽然面無表情地按著桌面轉了轉，將魚轉到了自己面前。

何思越：「……」

沈星若：「……」

陸星延沒抬眼，只是望著眼前的魚。

他對魚實在沒什麼興趣，索性又轉到陳竹面前，說：「妳不是喜歡吃魚嗎？吃。」

陳竹吃螃蟹吃得正開心，眼睜睜見陸星延把她的蟹轉走了，塞來一盤魚，她滿腦子問號。

我他媽什麼時候喜歡吃魚了？

「你神經病啊，我喜歡吃的是鮭魚壽司。」

陸星延看都沒看她一眼，「不都是魚？妳從海帶湯裡弄一片海帶包點飯不就是壽司了？崇洋媚外。」

陳竹：「……」

沈星若頓了頓，又繼續和何思越說話。

這頓飯吃完已經九點。

氣氛不錯，但也說不上特別熱烈，畢竟有些人根本就不熟，只是因為沈星若、陸星延才坐在同一桌。

像阮雯這種乖寶寶，平素連自己班上的陸星延、李乘帆，都從來不敢搭話，更別提三班的許承洲他們了。

吃完沈星若去結帳。

她早就做好了實在不行就用生活費的打算，可聽她報了桌號，服務生忽然說：「你們桌有人買過單了。」

沈星若往後望了望，略感意外。

那服務生還在說：「就是穿粉色衣服那個，長得挺帥的，是不是妳男朋友啊，衣服和妳同一個顏色。」

沈星若：「……」

陸星延像是有心電感應般，抬頭望了一眼收銀檯，兩人視線在半空中交接。

沈星若回過頭，又問服務生，「他什麼時候買的？」

從頭到尾陸星延都沒起過身。

「他剛進來的時候，辦了張儲值卡，說妳們桌點完菜直接從他卡上買單就行，怎麼了？是有什麼問題嗎？」

沈星若說了聲謝謝，沒再接話。

飯後，許承洲幾個提議去ＫＴＶ。

可阮雯她們吃這頓飯就已如坐針氈，很不自在，連忙說家裡有門禁，要早點回去。

沈星若也說累了，要回家。

李聽不急，但她的三個室友都要回去，她也沒什麼立場留下。

她平時雖然跟陳竹玩，但都是混在一群三班女生裡。

陳竹根本就沒把她當一回事，單獨拎出來兩個人也不熟。

這麼多人要走，KTV的局自然約不起來。

翟嘉靜、李聽還有阮雯是同一個方向來的，能搭同一趟地鐵回去。

何思越問了石沁，發現並不順路，於是又問沈星若，「沈星若，妳家在哪個方向？」

「落星湖。」

不等何思越接話，許承洲就先說了，「陸少爺家也住落星湖，你們兩個住得挺近的。」

李乘帆：「那延哥你順路送若姐回去，那麼近。」

這兩個人，一整個晚上狗嘴裡狗牙都沒吐出來一顆，這時終於說句人話了。

陸星延看了他們一眼，然後漫不經心點了點頭。

坐在回家的地鐵上，阮雯小心翼翼地鬆了口氣。

翟嘉靜坐在她旁邊，遞了瓶水給她，又關心道：「阮雯，妳還好吧？」

阮雯連忙擺手，有點拘謹地說：「謝謝，我沒事，就是今天和他們男生一起吃飯，有點緊張。」

李聽轉頭瞥了她一眼，繼續玩手機，顯然是有點看不起。

翟嘉靜又安慰說：「我和他們也不熟，吃飯是會有點不自在。」

「剛開始星若說吃飯，我沒聽清楚，還以為只有我們班的幾個同學，早知道人這麼多，就不去了。」

阮雯解釋，「我倒是知道還有三班的，其實他們人都挺好的，怪我自己膽子小，剛剛在飯桌上玩遊戲都接不上。」

提起沈星若，李聽就想起陳竹那殷勤的樣子。

對比平日她和三班女生一起玩時陳竹對她的冷淡，她心裡很不爽。

而且她一直對許承洲有點意思，今天許承洲都沒跟自己說過一句話，心裡更是不舒服。

她放下手機，接了翟嘉靜的話抱怨道：「不是我說，沈星若請吃飯就請吃飯，幹嘛一下子弄這麼多人一起，大家又不熟，多尷尬。」

「妳別這樣講，這和星若有什麼關係。如果覺得尷尬，一開始其實就可以不去的，而且氣氛挺好的，哪裡尷尬了。」

阮雯認真反駁了這麼一句。

李聽一時被堵著了，翟嘉靜又連忙打圓場。

另一邊，陸星延和沈星若在路邊等計程車，等了好一陣子也沒遇到一輛空車，陸星延用叫車軟體排了個隊。

臨近夏日，晚上的風沒前段時間那麼涼了。

陸星延外套脫下來就沒再穿回去，好像也不冷的樣子。

大概是乾站著無聊，沈星若忽然問：「你剛剛怎麼不送陳竹走？」

「我為什麼要送她，我和她又不順路。」陸星延不假思索。

「你不是喜歡她嗎？」

「誰跟妳說的？我沒有。」

沈星若轉頭望他一眼，沒說話。

倒是陸星延忽然想出很多種可能。

他知道，他們這群人的八卦在年級裡向來傳得多，他以前也不怎麼在意。

經過許承洲他們幾個大聲公胡說八道，他的一世英名也不知道在外面被毀成了什麼模樣。

他自顧自彌補，「妳是不是聽誰說了什麼，都是亂猜的，陳竹他們和我，國中時就是同學，大家經常在一起玩，我以前是對她……也不是，我是覺得她人還挺好的，也不是喜歡妳知道吧，都怪許承洲他們幾個，我……」

「……我只是隨便問一下，你不用解釋這麼多的。」

陸星延：「……」

咳了兩聲，他又狀似不經意地問：「別說我，妳是不是喜歡何思越？我看妳們兩個每次都有說不完的話似的，不然妳跟王有福申請和他坐一起好了。」

「何思越？他人挺好的。」

陸星延：「……」

「雙商很高，人很體貼，很有責任心，懂禮貌。」

陸星延：「……」

「妳等等把這桌飯的錢轉帳給我。」

「不過他沒你帥。」

第十二章　感覺身體被掏空

說出來陸星延自己都不信，晚上回家他又作了不太純潔的夢了。

夢裡女主角還是沈星若，大致情節和上次差不多，只是添了不少細節。

比如他還掐著那把細腰喪心病狂地逼人喊哥哥，問她他和何思越誰比較帥，然後還威脅她說，如果不回答，他就不繼續之類的。

夢就是夢，沈星若竟然特別聽話地攀著他的肩，抽噎地喊他哥哥，說他帥。

醒來時，陸星延坐起來靠在床頭，睜眼看著天花板上螺旋紋飾的燈，五、六分鐘都沒動一下。

——感覺身體被掏空。

一回生二回熟，這次陸星延也沒那麼震驚、沒那麼不能接受現實了。

醒了一下神，他從床上下來，熟練地把床單裝進竹簍裡藏進衣櫃，換了新床單，洗澡下樓。

沈星若今天好像起得很早，看樣子是和裴月去逛了商場，這時兩人正在客廳，沙發、茶几上擺了一堆購物袋。

陸星延活動脖頸，邊下樓，邊隨口問：「妳們一早就出門逛街了？商場不是都十點才開門嗎。」

剛起來，嗓子乾澀，他的聲音睡得有些啞。

裴月轉頭，上下打量他一眼，想到自己竟然生出了這樣不學無術還能心安理得一覺睡到大下午的兒子，指了一下壁掛鐘，語氣裡滿滿都是放棄治療的絕望，「你自己瞧瞧現在幾點了。」

陸星延手機沒電了，正放在房間裡面充著。

他拖還著步子往客廳走，順便瞧了一眼壁掛鐘，才發現已經是下午兩點。

他的頭髮很亂，穿棉質的黑色T恤，瘦高個子杵到沙發邊，能聞到身上清新的青草味道。又洗澡了。

沈星若不由得多望了他兩眼。

陸星延捕捉到沈星若的目光，和她對視兩秒，又若無其事般挪開視線，「妳們都買了什麼。」

「不是快夏天了嘛，我買了三件裙子，一條項鍊，若若買了兩件裙子，一雙鞋，然後買了套睡衣給你爸……」

陸星延聽了半天都沒聽到有自己什麼事，正想說點什麼。

裴月一頓，彎腰從地上拎起一個袋子，「我本來沒有想買東西給你，還是若若提醒的，給給給，你的鞋！」

陸星延把話咽了回去，掃了一眼沈星若，接過裴月遞來的袋子。

紙袋上印著某潮牌Logo，他拿出來，是這牌子最近新上市的復古網球鞋，下課時他和李乘帆聊過。

他不自覺翹了一下唇角，又拉直，漫不經心說：「好吧，有空再穿。」

「還有空再穿，別穿了，給你花錢你還和太子爺似的愛要不要，你給我、給我！明天就捐出去！」

裴月一聽就來氣，伸手去搶鞋子。

陸星延眼疾手快，拿著鞋側身躲了躲，「行行行，等等回學校我就穿，我只是隨口一說，媽妳小題大做什麼……」

裴月：「還我小題大做，你看看自己那欠扁的樣子！」

母子倆你一句我一句，有來有往。

沈星若無言，默默轉身，去冰箱拿牛奶了。

傍晚，劉叔送兩人返校。

陸星延癱在座椅裡，一雙長腿往前大喇喇地伸著。

他偏頭覷沈星若，腳尖點了點，「鞋是妳挑的？」

沈星若抬眼，但沒說話。

陸星延：「欸，妳是不是偷聽我和李乘帆聊天了？」

沈星若：「……」

見沈星若還是不開口，陸星延當她默認。

他扯了扯嘴角，又掩唇望著窗外，凹出不以為意的語氣道了聲謝。

沈星若默了一會兒，邊從包裡拿東西邊說：「裴姨在這家買了一雙鞋給我，結帳的時候，店員說最近新款有活動，買兩雙可以送一個帆布收納包，我覺得收納包很好看，就問裴姨要不要也買一雙鞋給你。」

「另外你腳上這款，是店員推薦的，最近好像賣得很好。」

說著，沈星若拿出裝耳機的收納包晃了晃，「好不好看？」

陸星延：「……」

他沒應聲，沈星若也沒在意。

她從收納包裡取出耳機戴上，又打開平板電腦，跟著語音看書。

陸星延心裡正梗著，沈星若像忽然想起什麼般，又補了一句，「不過我確實聽到你和李乘帆聊天，說這雙鞋好看了。」

「……」

故意的。

陸星延轉頭，好像看到沈星若嘴角往上揚了一下，也不知道是不是錯覺，反正他就是不自覺地，也跟著揚了揚。

車開過一段坑坑窪窪正在修地鐵的路，前頭平坦，往窗外看，路邊全是春日盛開的櫻花，粉白相間，開得燦爛。

兩人照例在書香路轉角處下車，然後錯開距離各走各的路。

沈星若例行去書店買雜誌。

陸星延直接回宿舍，放完東西，穿著新鞋逛了好幾個寢室。

大概是因為週六搓了他一頓，這幾個傢伙都開竅了，說話說得特別在點子上，一見他就問新鞋，然後誇鞋好看、很潮、有型。

陸星延嘴角都沒拉下來過，還隨口又許了一頓飯給許承洲他們。

從許承洲他們三班的寢室回來，陸星延推開門就見邊賀拉著趙朗銘幫忙鋪床單。

趙朗銘嘴裡還在碎碎念，「你這三棍子下去打不出一個屁的，其實就你最悶騷，瞧瞧這顏色，那話怎麼說的？哪個少男不懷春？我看你是春夏秋冬四季都懷著。」

兩人捏著床單邊角揚了揚。

粉藍條紋晃眼。

陸星延站在門口，忽然想起了什麼，笑容逐漸僵硬。

靠……他的床單！

起床時，他是打算趁著他媽和周姨午休再洗床單的。

可是他起得太晚，又收到了新鞋，一下子就把洗床單這事忘到了九霄雲外。

這時想起來，陸星延下意識就打電話給裴月。

電話裡裴月陰陽怪氣的，說太陽從北邊出來了他竟然主動打電話什麼的。

陸星延也沒在意，只顧著旁敲側擊，可是裴月也不知道是故意的還是不知情，完全不往床單上扯。

通完電話，陸星延還抱有僥倖心態，祈禱周姨沒幫他收拾衣櫃。

其實早在他和沈星若在車上說話時，周姨就在他房裡搜刮出了那個竹簍。

上次周姨就覺得稀奇，做飯的時候和裴月說，陸星延這個四手不撚香的小少爺竟然自己換了床單。

當時她們是想到了些什麼，但想著陸星延平時看個電視劇都不樂意看談情說愛的，又覺得不太可能。

這次抓到了證據，周姨急急忙忙拿去找了裴月。

兩人對著床單研究了好一會兒，表情皆是諱莫如深。

周姨咳了兩聲，說：「其實這個年紀啊，這很正常，但是我覺得把他和沈家那姑娘的房間放在同一樓是不是不太合適呀？他們年紀輕輕的……」

「想什麼呢。」裴月不怎麼認同，「他們兩個一週最多也只在家住兩天，而且妳看他們，平時當著我的面是不好表現得太明顯，但我猜啊，他們在學校連話都不會多說兩句話。」

說到這，裴月還侃侃而談起來了，「星若是哪裡都好，但我兒子我還不瞭解嗎，和他爸一個德行，還能允許女生比他優秀？那不可能的，特別大男子主義！以後找女朋友肯定是找那種嬌小可愛又聽話，愛捧他臭腳的。」

「再說了，陸星延除了一張臉還有什麼，哦還有錢，但沈家缺錢嗎？真不是我自己貶低自己兒子，星若那眼光還看得上他？我要是能找個這樣的兒媳婦真是上輩子燒高香了。」

周姨：「……」

裴月隨手剝了個橘子，又說：「不過平時還是要留點心了，這次期中考後應該會開家長會，我去學校看看情況，再打聽一下他平時有沒有和什麼女生走得近，陸星延這混帳，要是高中就談戀愛，把人家女孩子弄懷孕了就不好了。」

周姨心想，陸星延也沒那麼差吧。

可見裴月吐槽得起勁，也不知道該說什麼，嘆了口氣，拎著竹簍去洗床單了。

週一天晴。

因為快要入夏，陽光也顯得熱烈起來，早上從寢室往教學大樓走，不到十分鐘的路程很多人就熱得脫下了校服外套。

以陸星延為首的那群男生更是直接換上了夏季校服，淺藍色的短袖，領口兩顆釦子都沒有扣，隱約可見半截鎖骨。

沈星若看著他從門口吊兒郎當地走回座位。

然後看著他放下書包，從自己桌上搶過牛奶，邊扯吸管邊問：「看我幹什麼，沒見過我這樣的絕世帥哥？」

「……」

「你的領子折進去了。」

陸星延一頓，半仰著下巴，整了整衣領，又問：「好了？」

「你轉過來。」

沈星若放下英文書，幫他整了一下後衣領。

今天朝會取消了，大家都在班上上早自習。

陸星延掃了一眼，發現教室裡全然沒有上週校慶那種輕鬆的氣氛，大家都很團結緊張嚴肅，但並不活潑。

好半天他才想起來，今天期中考試出成績。

他想起另一件事，叼著吸管，轉頭問沈星若，「對了，上週五那件事，妳跟王有福說了嗎？」

「說了。」沈星若想起什麼，又提醒，「王老師可能會叫你過去說明一遍。我說的是，你剛好路過威脅了幾句，他們就直接嚇跑了。我沒有說你把人踢到跪下，也沒說你拎了楊芳的衣領逼她道歉，你不要自己幫自己加戲。」

「……」

陸星延輕哂一聲。

果不其然，早自習沒上一會兒，王有福就過來把陸星延叫去辦公室問話。

陸星延是沒幫自己加戲，但他加油添醋把沈星若說得特別淒慘，什麼嚇得瑟瑟發抖嘴唇發白眼裡含了一包淚，是自己突然出現三言兩語嚇退小混混把她擋在身後救了她之類的。

王有福聽著，不知道為什麼總覺得特別不對勁。

不過二班的楊芳是個不經事的。

上週五被陸星延那麼一嚇，回家精神恍惚又不敢跟家裡人說，晚上睡覺的時候沒蓋好被子，竟然直接發高燒了，今天請了假沒來上課。

王有福找上二班班導師曾桂玉說這件事。

曾桂玉一聽，眼前發黑。

上週校慶扔瓶子那事還沒過多久，他們班竟然又出了找社會上的小混混堵著打人的事情？還是楊芳一個小女生？

她死活不相信，當著王有福的面就打了楊芳家裡的電話。

楊芳好像就在家長旁邊，一聽她媽複述了一遍班導師的話，瞬間就嚇哭了，一股腦全都交代出來。

「我……我錯了，媽媽我錯了，我不是故意的，嗚嗚嗚嗚我就是氣不過……」

楊芳雖然被嚇得不輕，但腦子還沒壞，知道什麼能說什麼不能說，根本沒提自己嫉妒何思越和沈星若走得近的事，只是翻來覆去的說：「我是聽說……校慶前聽說，我的節目是被沈星若搶走的嗚嗚嗚嗚……我不是去參加評選了嗎？我拉小提琴，然後、然後老師都說應該沒問題的，可結果出來沒有我……本來……本來沈星若是彈鋼琴的，她換了小提琴，我才被刷下來嗚嗚嗚嗚……」

王有福想得多了一點，順便問了句，「那校慶扔瓶子的事跟妳有沒有關係？」

楊芳心想完了，都查到這了，一下子哭得更大聲了，哆哆嗦嗦把她收買余志明讓他使絆子的事全都交代了。

她話裡話外還嫌棄余志明腦子有問題，竟然當場扔礦泉水瓶。

她的本意是想讓余志明去弄一下小提琴讓沈星若出個醜，可余志明家庭條件不好，怕查出來還要賠小提琴的錢，不肯去弄。

聽到這裡，曾桂玉差點當場翻白眼暈倒。

到第二節課下課，這事就從辦公室一路傳開，一樓的幾個班差不多都知道了。

只不過陸星延那幾筆加油添醋讓當時在場的其他人聽到傳了出去，整件事的關注點變得有些奇怪——

「你們聽說了嘛，上週五二班那個楊芳找人堵一班的沈星若，然後被陸星延撞見了。」

「聽說了啊，當時沈星若嚇得半死，陸星延還抱她去了保健室，公主抱呢！」

「我聽到的版本裡怎麼沒有公主抱？是那人要打沈星若，然後陸星延幫她擋了呀。」

「不是吧，是公主抱……不過平時沈星若看起來挺女神的，竟然被嚇成了那樣子。」

「正常吧，你被人堵還不嚇得尿褲子？不過她也有可能是裝的，英雄救美你不表現得柔弱點人家怎麼救？」

「欸沈星若是不是喜歡陸星延呀，我今天早上從一班經過，還看到沈星若幫陸星延翻衣領，特別親密。」

「還有這種事……」

謠言之所以稱為謠言，就是因為它和事情原本的面貌沒有一毛錢關係。

等這件事傳到沈星若耳中的時候，版本已經變成了——

「星若，妳喜歡陸星延？」阮雯小心翼翼問完，還補了一句，「年級裡都在說，上週五陸星延救了妳，還說妳當場就跟他告白說喜歡他什麼的，哦還有人說，妳今天早上還幫陸星延折衣領了。」

「……」

沈星若正在等最後兩科的分數，驟然聽到這話，抬頭看了看。

這才發現，今天大家看她的目光都有點不對。

陸星延也聽說了，說起來，他也不知道這版本是怎麼加油添醋添出來的。

不過他聽到了心情還挺好。

下午到教室，他坐下就揉了一把沈星若的頭髮，調侃，「欸，怎麼回事，年級裡都說妳喜歡我，當場告白還被我拒絕了，妳不會真的喜歡我吧？」

沈星若拍開他的手，聲音冷冷淡淡，「你快睡吧，夢裡什麼都有。」

陸星延被梗了下，見她那退開三寸不想和他有半毛錢關係的樣子，輕嗤一聲，又碎碎念了一句，「夢裡還真的什麼都有。」

聽到陸星延念了句什麼，沈星若本想追問，不巧國文課小老師拿著一疊試卷進教室，一堆人聞聲而動，湊上去看成績。

吱吱喳喳間，人堆裡傳出一句，「沈星若又是第一啊。」

什麼妖魔鬼怪！

陸星延聽到這話，下意識轉頭看了一眼。

鬼怪本人寵辱不驚，已經拿出另一瓶牛奶在拆吸管了。

很快國文試卷發下來，沈星若國文分數一三五。

加上之前發了試卷公布成績的四科，沈星若目前比何思越高出二十七分，年級第一的寶座彷佛又在朝她招手。

等到數學課，梁棟又跑來親自發試卷，大家也重複了一遍月考時等死的緊張。

「何思越，一五零，滿分。」

沒等大家倒抽一口涼氣，梁棟又報，「沈星若，一五零，也是滿分。」報完這兩人，他停下來說：「這次期中考的題目其實不是很難，整體來說比較接近升學考的難度，最後一道大題可能比升學考還簡單一點，年級裡一共是六個滿分，我們班就有了兩個，還是不錯的。」

大家很給面子，集體鼓了鼓掌。

緊接著梁棟又報了一串成績……

「邊賀，一二四。」

「翟嘉靜，一二二。」

翟嘉靜上臺領試卷，梁棟瞥她一眼，問：「這次怎麼回事，錯的都是些不該錯的題。」

翟嘉靜低著頭，沒說話。

「還是要把課業放在心上，答題的時候仔細點。」

「好的。」

梁棟也沒多說，揮了揮手讓她回座位，然後繼續發試卷。

全部成績都已經出來了，但這次沒有特別及時地列出成績統計表，大家只能依據互相打聽來的成績自行排名。

目前更受關注的，還是楊芳找校外人士堵沈星若這件事。

王有福連期中成績都擱下了，為了這事在年級裡開了一下午的會。

每節下課都有新消息傳來，到下午第三節課下課的時候，年級組長辦公室又傳來了新的八卦——

楊芳發著高燒還跟父母一起趕來學校，這時正在年級組長辦公室痛哭流涕！

隨同這個八卦一起傳來的，還有讓沈星若和陸星延去辦公室問話的通知。

兩人對視一眼，一同起身。

楊芳確實和她父母一起趕來學校了，不過到辦公室後，一直只有她爸爸在說話。

她爸爸在政府機關身居要職，人情世故再通透不過，說話很圓潤。

他先留下通情達理的好印象給長官、老師，才提出希望見見當事人還有當事人的父母，共同商量出一個大家都能接受的解決方式。

王有福覺得楊芳爸爸提的這要求也算合情合理，這才讓人去叫了沈星若和陸星延，同時又聯絡了沈星若資料上留的家長電話號碼。

沈星若只留了一個媽媽的聯繫方式，可電話撥過去是空號。

正巧沈星若和陸星延進辦公室，王有福問：「沈星若，妳媽媽的電話打不通是怎麼回事？」

沈星若沒想到剛進辦公室就被問到這個問題，愣了三秒，忽然回答：「她過世了。」

辦公室裡一陣靜默。

好半天，王有福才繼續問：「那、那妳爸爸呢，這件事也不算小事，學校還是有義務和妳的父……和妳的家長取得聯繫的。」

沈星若：「我的爸爸正在羅馬度蜜月，老師，不用打擾他了。」

辦公室再度陷入靜默。

大家各自聯想了一齣灰姑娘的淒涼場景。

可楊芳爸爸一聽，就知道這對他們來說其實是有利的。

他心裡放鬆三分，微笑著對沈星若溫和道：「這位就是沈星若同學吧，實在是非常抱歉，我是楊芳的爸爸，這位是她媽媽，我們今天是特地為了楊芳和妳的事情趕過來的。」

「這件事不用說，肯定是楊芳做錯了。她發著高燒哭了半天，認錯了半天，是實實在在知道自己做錯了，其實妳們都還小，難免一時情急意氣用事，好在最後沒有釀成大錯……」

「她要是釀成大錯，您也沒有機會站在這跟我說話了。」

沈星若神色很淡，看了一眼躲在爸媽身後的楊芳，又看了一眼她爸爸，忽然打斷。

「……」

「對，我的意思就是事情現在已經發生了，好在沒有釀成大錯，所以沈星若同學，這件事妳想要怎麼解決？」

沈星若：「我是學生，我要做的事情是好好讀書，如果每個人都來欺負我一下再來問我怎麼解決，我還讀不讀書了？」

她看向王有福，「王老師，我相信學校一定會給出公正的解決辦法的。」

王有福點頭，「這是當然。」

楊芳這事最少也會落個全校公開道歉和留校察看的處罰，她家裡人還規劃著讓她出國留學，自然不想讓她的個人檔案上留下這麼大的黑歷史。

曾桂玉也維護自己班上學生，聽沈星若這麼說，插話道：「妳還是把家長聯繫方式給我，我來聯繫妳家家長，自家小孩出了事，不管在哪都應該過來。」

沈星若望過去，「老師，我沒出事也沒有犯錯，我的家長為什麼要因為別人的過錯耽誤自己的生活？」

「學校規章制度很明白，為什麼不能直接按照規章制度處理非要聯繫家長？這件事我是當事人，我不同意從輕處理，妳聯繫誰都沒用。」

「妳怎麼這樣說話，不過就是正常走個聯繫家長的程序，妳話裡話外都是我要包庇楊芳的意思是嗎？」

曾桂玉一聽這話，火氣就上來了。

沈星若不是針對曾桂玉，但她對女老師要聯繫她爸爸這件事向來非常敏感。

陸星延聽出她情緒裡的不對勁，忽然上前擋住了她，「曾老師，沈星若不是這個意思。」

陸星延也沒多對曾桂玉解釋，轉而和王有福說：「王老師，我覺得沈星若說的沒錯。」

「我也是當事人之一，親眼看到楊芳找小混混堵沈星若，還逼她跪下道歉，當時如果不是我在場，沈星若同學可能就被迫跪下了，那這件事對她造成的心理陰影就是終生的。」

「現在的確是沒鑄成大錯，但對沈星若同學來說，也已經留下了不小的心理陰影。犯錯就應該受到相應的處罰，不然楊芳同學可能也長不了教訓，依我看，該留校察看就留校察看，該退學就退學。」

「退學」這兩字從陸星延口中說出來的時候，楊芳不由自主瑟縮了一下。

楊芳父母聽到這話，臉色都很不好看，她媽媽本來就愛女心切，沉默著讓她爸做了半天發言人，這時忍不住了，發了幾句牢騷，話裡話外的意思都是這不是也沒怎麼樣嗎。

年級組長立馬肅色，「楊芳媽媽妳的觀念不對，什麼叫也沒怎麼樣，沈星若和陸星延說得沒錯，要是真的怎麼樣了，你們也沒機會在這說話了。」

年級組長本來也沒打算不給任何處分，只是楊芳這一家子招呼都沒打一聲突然跑到學校來，自然還是要好生接待的。

既然沈星若的意思已經表達得很清楚——不同意任何私下調解，那他也沒什麼好說的，直接拍板，說學校一定會給出公平公正，受所有學生監督的處理結果，讓他們安心回去上課。

王有福本來還打算叫住沈星若問問家裡的事，可一想馬上要家長會了，等家長會再找她家裡人談一談也不遲，就沒說話。

出了辦公室。

沈星若一路靜默。

陸星延在身後喊了她兩聲，她沒停步。

他索性追上去，特別自然地揉了一把她的腦袋，「妳剛剛對著曾桂玉那麼兇，嚇我一跳，我還以為妳下一句就要說『老師妳是不是想當我下一任後媽』了。」

沈星若也沒甩開他，只是忽然停步，拉住他的手腕，然後半仰著頭，盯著他的臉打量。

陸星延傻了一下，對上她的視線，有一瞬間心跳加速，

感覺她好像要踮著腳吻上來了一樣。

盯了好半天，沈星若問：「你說學校裡的謠言是不是傳反了，是你喜歡我才對吧。」

「……」

見陸星延臉上寫著「妳放什麼狗屁」幾個大字，沈星若又收起玩笑，邊往前走邊說：「今天謝謝你了。」

陸星延落在後面，看著沈星若的背影，心跳還未平復。

這白孔雀也真的是小氣到沒救了。

謝謝說了好幾次，倒是拿出點謝禮啊，以身相許什麼的，那也是極好的。

週二早自習，年級組長親自通報楊芳的處理結果，給予留校察看處分，並於下週一早會時間在升旗臺公開念道歉信。

意料之中的結果，沈星若沒什麼感覺。

早自習後，期中考試的成績統計出來了，何思越將其貼到教室後面的公布欄上。

下課時大家圍著成績單討論。

討論最多的當然是沈星若蟬聯年級第一，其次是翟嘉靜這次發揮失常，竟然跌到了班上第九，年級排名更是跌到了五十以外。

「翟嘉靜怎麼回事，之前最差也都在年級前二十吧。」

「誰知道，可能是狀態不好。」

「妳覺不覺得沈星若轉來之後翟嘉靜整個人都被壓一頭，我要是她我也狀態不好。」

「年級第一和年級第六十九，這可不止壓一頭……」

女生們的小聲碎碎念，全都傳入了剛從洗手間回來的翟嘉靜耳中。

她站在後門那，路被看成績的人擋住了，進也不是，退也不是，臉色有些勉強。

陸星延也正要去看成績，他的歷史試卷分班的時候分錯了，到現在還沒發下來，都不知道考了多少分。

他這次很上心，其他科的分都算好了，如果歷史考到五十五分以上，那他這次總分就超過四百了。

他趕著看成績，這幾個女的還杵那品頭論足個沒完，他忽然想起這幾個就是上次月考時奚落沈星若的，一時也沒客氣。

「人家排名掉不掉也不影響妳們的排名，有什麼好討論的，讓一讓。」

見是陸星延，幾個女生立馬噤了聲。

往旁邊退開的時候發現翟嘉靜就站在門口，她們也覺得有些難堪，一句話都沒說，很快就走開了。

翟嘉靜在後門那站了好一會兒，才往前走了幾步。

站到離陸星延約有半公尺的地方，她點點頭，輕聲道謝。

陸星延掃了她一眼，很隨意地「嗯」了聲，一心只記掛著自己分數。

他很有自知之明，將成績表翻到最後一頁，然後從後往前看。

果不其然，他很快就找到了自己的名字。

歷史，五十三分。

他下意識看了一眼總分，三九八。

「我靠……」

翟嘉靜本來還想說些什麼，可陸星延翻完成績，理都沒理她，直接回到了座位。

她望著陸星延的背影，想說的話到了嘴邊，還是咽了下去。

「沈大小姐，沈大小姐？沈星若別睡了起來。」

沈星若趴在桌上睡覺，陸星延喊了兩聲，見她沒反應，他又去抓她頭髮。

沈星若對別人碰自己的頭髮這件事很敏感，沒一會兒就捂著腦袋醒來了。

「什麼事？」

陸星延把今天發下來的試卷都找出來，遞到她手上，「妳幫我看看，有沒有算錯分的地方，我差兩分就四百了。」

沈星若：「……」

也不知道是沒睡醒還是怎麼了，她還真的幫陸星延看起了試卷。

五分鐘後，她闔上試卷。

陸星延：「怎麼樣，有沒有。」

沈星若：「有，還挺多的。」

陸星延挑起眉峰，來了些興致。

就那麼幾秒鐘的工夫，他還想到以前每次都只考三百多，是不是因為他太佛系了，都沒發現很多地方少算了分，其實他的真實水準應該是四百多。

然後沈星若很平靜地看著他，把他飄散過度的思緒全揪了回來，「三九八，閱卷老師太仁慈了，如果我來閱卷，你三百五都考不到。」

陸星延：「……」

沈星若指著最上面一道數學題，「不過這道題的步驟你寫對了，老師沒給分，你去找梁老師，他應該會幫你補上兩分的。」

「你去辦公室的時候記得告訴我一下，我還沒見過離及格線差十萬八千里還要為了一、兩分去找老師討價還價的，你帶我去見見世面。」

「……」

「妳能不能閉嘴？」

沈星若：「不能，有本事你就堵了我的嘴。」

陸星延盯著她看了幾秒，然後面無表情拿出錢包，扯出張五十塊隨手往她桌上一拍，「封口費。」

沈星若知情識趣，冷萌冷萌地對著他比了個給嘴巴拉拉鍊的動作，收好錢繼續睡覺。

陸星延盯著她那張閉眼入睡的漂亮臉蛋，心想：要不是教室人多，本少爺就親上去讓妳閉嘴了，就妳話多。

第十三章　封口費

拿了陸星延的封口費，沈星若一整天都沒奚落他。

聽陸星延說今晚會到教室上晚自習，她買飲料的時候順手幫陸星延帶了杯冰奶綠。

——也算得上是一手交錢一手辦事童叟無欺誠實守信，並且售後服務態度良好了。

買好飲料，沈星若在文具店門口等石沁和翟嘉靜。

沒多久，兩人從文具店出來。

石沁見她正喝著一杯，手裡還提了一杯，稀奇地問道：「星若，妳一個人喝兩杯嗎，還是幫阮雯買的？」

「幫陸星延買的。」

沈星若很坦然。

石沁追問了兩句，沈星若也沒覺得有什麼好瞞的，就原原本本將陸星延給封口費的事複述了一遍。

石沁笑到停不下來，「欸我發現，妳和陸星延相處得還挺好的欸，我以前以為他很凶，一言不合就打人那種，但我每次聽妳說他，怎麼感覺他有點中二啊，哈哈哈哈哈……」

沈星若：「他本來就中二。」

兩人說笑了一路，翟嘉靜走在石沁另一邊，沒怎麼笑，也沒怎麼接話，石沁特地拋過去的話題她也只勉強回答一、兩個字。

石沁和沈星若都以為她是因為沒考好，心情很差，還刻意沒有聊考試相關的話題。

到教室落座沒多久，陸星延和李乘帆他們抱著籃球進來了。

陸星延出了一身汗，扔下籃球就站在風扇底下，扯著夏季校服的領口吹風，然後還隔空和人聊天，說學校明明有錢但就是很摳門，不在教室裝空調什麼的。

沈星若拉了拉他的衣角，然後將那杯冰奶綠推了過去。

「幹嘛？」陸星延下意識低頭，見桌上推來杯奶茶，他拿起來看了兩眼，「這什麼，給我的？」

沈星若「嗯」了一聲。

「……沈大小姐，太陽這是從地底下蹭一下升天上了吧？」

沈星若自己也正喝著飲料，沒工夫多理他，頭都沒抬，自顧自翻著書，只扔下一句：「反正是用你的錢買的，愛喝不喝。」

剛好晚自習的鐘聲響起，值日的副班長上臺，讓大家保持安靜。

陸星延順勢坐了下來，唇角扯開，吊兒郎當地往後靠著，漫不經心道了聲謝。

然後他拎起那杯奶綠，朝李乘帆晃了晃。

眼角眉梢都是炫耀。

李乘帆見不得他這囂張的樣子，虛踹一腳，又抬頭喊：「副班長，我檢舉陸星延上晚自習喝飲料！」

教室裡的小雞仔們因他這一嗓子，集體仰起頭來，唰唰唰地看向陸星延。

講臺上的副班長也看了過去。

可陸星延只是手裡拿著飲料，並沒有喝。

真正在喝的，是他旁邊的沈星若。

沈星若頓了兩秒，轉頭，很平靜地瞥了李乘帆一眼。

李乘帆沒膽，「副班長我撤回檢舉！」

「噗——」

「李乘帆是不是傻子。」

「簡直就是活寶。」

教室裡窸窸窣窣響起一陣悶笑。

沈星若人美心善多才多藝還成績好，而且剛剛又考了個年級第一幫一班爭光，本來就是班寵級別的存在，喝個飲料怎麼了。

副班長拍了拍講桌，又扶好眼鏡，義正言辭道：「大家安靜！學校沒說上晚自習不能喝飲料，李乘帆你不要搗亂。」

李乘帆得罪了女神，也不多話，舉起雙手做投降認錯狀。

可副班長又得寸進尺警告他，「李乘帆你把校服褲子穿好。」

那學校也沒說晚自習的時候褲子不能擼起來啊。

簡直是雙標雙得要飛起來了。

李乘帆無語，倒也沒說什麼，將捲至大腿的校服褲管放了下去。

轉頭一看，陸星延拿著飲料，還朝他比了個敬酒的姿勢，表情欠揍到不行。

可他還真的不能拿陸星延怎樣。

陸星延這人比較浮躁，爽一下就有點飄。

逗完李乘帆，見沈星若安安靜靜喝著飲料看書，他雀口奪食，趁沈星若放下紙杯，冷不防搶過來打量，「妳喝的是什麼，和我的怎麼好像不一樣。」

他看沈星若的是紙杯包裝，自己是塑膠杯包裝，這才感到好奇。

看到側面標籤，那好奇瞬間就轉化為了不敢置信，「白桃烏龍淡奶芝士，二十二……我靠，我這個才八塊吧，妳買個八塊的給我，自己喝二十二的？」

沈星若偏頭看他，沒說話，但臉上表情很明顯的就是在說——「怎麼樣你還有意見」、「買給你就是你上輩子燒高香了有什麼資格挑三揀四」。

陸星延此刻強烈懷疑，自己手裡這杯八塊的奶綠是她這杯白桃烏龍淡奶芝士的贈品。

他捏了一下紙杯，往裡看。

見他彷彿有玷污自己飲料的意圖，沈星若伸手蓋住吸管。

陸星延拍開她的手，「我試一下，行了不用妳的吸管。」

他打開蓋子，沿著紙杯邊緣喝了一口。

這家的芝士奶蓋綿密香甜又很厚重，本來就是開蓋喝的，只是沈星若剛吃完飯，不想喝得太膩，才要了根吸管吸底下的清茶。

陸星延這麼大喇喇地一口下去，甜膩的口感讓他瞬間頭皮發麻，他本來就不是很愛甜食，一下子吐也不是吞也不是，好半天都沒說出話來。

他吸了幾口冰奶綠救命，才恢復過來，「妳們女生都喜歡喝這種，這二十二的芝士也太他媽扎實了吧，差點沒甜死我。」

沈星若：「……」

聽他碎碎念著什麼返璞歸真接受奶綠，沈星若忽然放下書，朝他招招手，示意他靠近。

沈星若經常叫陸星延靠近，然後湊到陸星延耳邊，近距離地進行言語羞辱。

被羞辱的次數多了，陸星延還給這種羞辱起了個學名——「靠近式打擊」。

眼見熟悉的招手動作來了，他沒動，可內心深處又有一種「想看看她還能用什麼新花招羞辱人」的隱隱期待。

遲疑片刻，陸星延還是靠近了，靠近的時候很警惕地問了句，「妳又要幹什麼？」

沈星若從抽屜裡拿出一包新的衛生紙，拆開來，抽出一張，食指按著紙巾，覆上他的唇，然後沿他的唇邊擦了擦沾上的奶蓋。

這動作不過一瞬間，沈星若好像發現不妥，又直接將衛生紙蓋在他唇上鬆開手，撂下一聲，「自己擦。」

陸星延微怔。

剛剛她的指尖隔著紙巾觸碰過來，有些柔軟，有些溫熱。

他難得反應快一次，不以為意道：「妳幫我擦完，我自己又看不到。」

沈星若一下子把距離拉得很開，抿唇不語，只往他桌上扔了面小鏡子。

沒拐騙到沈星若近距離的貼心服務，也在陸星延意料之中。

他輕哂一聲，撈起鏡子，「自己擦就自己擦。」

沈星若拿了一枝淡灰色的馬克筆，在書上隨意地做著標記。

不知道是不是因為夏天來了，她覺得晚上也有些熱，耳根好像也有些熱，這麼想著，她忽然扯開橡皮筋。

頭髮披散下來，擋住了她的耳朵，也擋住了她半張面無表情的臉。

陸星延正擦著唇邊的奶蓋，忽然一陣橙花洗髮精的味道飄來，他先是心神半晃，轉頭看過去後又覺得莫名。

有必要這樣？他有這麼討人嫌嘛，為了不看見他這張臉，頭髮都放下了？

兩節晚自習相安無事，快要下課的時候，何思越被王有福叫去了辦公室，回來時他手裡拿了一疊紙條。

何思越走上講臺，說：「和大家講一件事，等一下我會把家長通知單發下去，大家這週末的時候帶回家，讓家長簽一下回條的部分。」

沒等他說完，底下就有同學問：「班長，什麼通知單啊，不會是成績單吧？」

何思越笑，「不是，是家長座談會的通知單。家長會下週五開，讓大家帶個通知單回家給家長看一下，簽回條是表示會來參加家長會，王老師說了，沒有特殊情況全部都要參加。」

雖然開家長會這件事在預料之中，但驟然接到通知，底下還是炸開了鍋。

「真的要開家長會啊，完了完了！」

「我還沒跟我爸媽說這次的考試成績呢，我比上次月考下降了七十八名，死定了……」

「說起來，這次家長會不會連上次的月考成績一起說吧，我上次月考考得好差。」

小雞仔們正議論紛紛，何思越又說了，「其實成績和家長會的通知簡訊已經傳過了，但學校怕少數同學填的家長聯絡資訊有誤，所以才讓大家拿回去簽字。」

這話一出，底下又是一片哀嚎。

說起來，沈星若和陸星延就是何思越口中「家長聯絡資訊有誤」的同學之二。

兩人填的都是自己的手機號碼。

不過自之前陸星延抵死不說期末成績開始，陸山就特地聯繫了王有福，把家長聯絡資訊換回了自己的號碼。

在沈星若和陸星延因為奶茶鬥嘴時，陸山和裴月也在酒會上鬥了一回嘴。

晚上陸山帶著裴月出席一場他外甥公司的新品發表會。

發表會結束有After party，陸山和外甥聊著公司這季新品的市場前景，然後還想著幫人介紹客戶，正拿手機找聯繫方式，忽然發現一則學校開家長會的簡訊。

他說完，給裴月看了簡訊。

裴月並不意外，「明禮每次期中考之後都會開家長會，你大驚小怪什麼。」

「我不是大驚小怪，我是說，沈星若那小姑娘家長會怎麼辦，老沈還在羅馬，我前兩天跟他聯絡，他們還打算去冰島，短時間回不來吧。」

「我看星若根本就不會跟他聯繫。」裴月想了想，又問，「你下週五有沒有空？」

陸山：「一定要擠，肯定也能擠出點時間。」

裴月：「那你去陪你兒子開家長會，我陪星若開家長會，我們一起去。」

陸山反應了兩秒，忽然放下酒杯，問：「不是，為什麼是我去陪陸星延開，妳陪星若開？妳不是說中午星若還打電話給妳，說又考年級第一了？那妳怎麼不去陪陸星延開，我陪星若開？」

裴月滿臉嫌棄，「你自己再看看簡訊，陸星延只考了三九八，又沒到四百，我去陪他開，粉底拍十層都遮不住羞。」

「那我這麼大一個老闆，妳讓我坐那，兒子連四百都沒考上，我就好意思嗎？」

「子不教父之過你有沒有聽過，我跟你說沒考好都是你的責任陸山，你有什麼資格嫌棄陸星延。」

陸星延在渾然未覺中就被自己父母推三阻四了一番。

聽到要開家長會，他沒什麼感覺，只是想起沈星若那亂七八糟的家庭關係，下意識轉頭看了一眼。

大家討論得很熱烈，沈星若卻彷彿沒受影響，將通知單隨手夾進書裡，安靜地繼續寫題目。

陸星延拿筆敲了一下她的腦袋，「妳有什麼打算，要妳爸過來嗎？」

「不要。」沈星若沒抬頭，聲音平靜。

「那讓我媽一起來開？」見沈星若不說話，他又問，「妳就打算這樣僵著，不跟妳爸聯絡啊。」

「你管那麼多，吃你家大米了？」

「……」

「妳難道沒吃？」

沈星若難得被堵，寫字的速度更快了。

陸星延覺得不對，她一直沒轉過來頭，披著頭髮也看不見她是什麼表情，不會是在哭吧？

這麼一想，陸星延就下意識伸手，將掩住她側臉的長髮往耳後別。

這動作親近又曖昧。

不經意間，陸星延手指還觸上了沈星若瑩潤小巧的耳垂，很柔軟的觸感。

沈星若沒反應過來，剛好轉頭也刹不住車，嘴巴還一張一闔地說：「吃了又怎樣，吃你家米還要做你家童養媳嗎？」

話音未落，她的唇就貼到了陸星延的手腕上。

該怎麼形容那種感覺呢。

陸星延國文常年不及格，連「荼毒」都能讀成「茶毒」，也很難指望他找到合適又貼切的形容詞了。

總之沈星若親在他手腕的那一瞬間，好像是親在了他的心上。

他下意識想收回，可柔軟溫熱的氣息拂過他腕上細小絨毛，心癢癢的，手指刮著她的耳廓，就那麼遲遲未動。

沈星若也難得怔了幾秒。

忽然下課鐘響，她回神，腦袋稍往後仰，然後毫不留情地往陸星延手上拍了一巴掌——

「啪！」

「拿開你的雞爪，以後少碰我頭髮。」

她的警告聽起來冷冰冰，臉上也沒什麼情緒，好像剛剛不小心的親密接觸就只是個無足掛齒的小意外。

陸星延看著她默不作聲地整理書包，整理完又用橡皮筋在腦後綁了個低馬尾，露出一小節白皙修長的脖頸，不由得又恍了一下神。

只是沈星若直接起身，揹上書包就離開了座位，連眼角餘光都沒瞥他一下。

沈星若那一巴掌拍得不輕，陸星延的皮膚又很白，被她拍這麼一巴掌，腕上都顯出了紅紅的手掌印，好半天還麻麻的。

陸星延收回手，垂眼看了看，又靠在座椅裡，腦袋微偏，盯著沈星若的背影，直到她和同寢室的女生一起離開，才莫名其妙地笑了一下。

李乘帆收拾好書包，回頭叫他一起走，可冷不防見他這麼一笑，頓時感到毛骨悚然。

他環抱著手臂摸了摸，「延哥你沒事笑什麼笑，嚇我一跳。」

陸星延沒理他，屈起食指，刮了刮下嘴唇，忽地唇角又扯了一下。

——童養媳什麼的，那也不是不可以。

李乘帆不知道他在想什麼，總之就是覺得他笑起來挺可怕的，像中了什麼蠱似的。

剛好趙朗銘也起了身，一副還沒怎麼睡醒的樣子，他拉著趙朗銘小聲嘀咕了兩句。

聽李乘帆說得煞有其事，趙朗銘勉強睜開眼看了看。

緊接著他甩開李乘帆的手，聲音含含糊糊的，說：「什麼中了蠱，就算是蠱那也是情蠱，這他媽一臉春心蕩漾的樣子，你是不是眼瞎了，瞧他那笑，就和邊賀那傢伙一樣，還用什麼粉藍色的被單，騷到不敢看……」

李乘帆也是個不開竅的，「秋名山車神」沒少看，騷話沒少學，就是沒和女生談過戀愛，連春心萌動的時刻都沒有。

聽趙朗銘這麼一說，他愣了愣，忽然覺得還真的有點像。

他來來回回看了陸星延幾遍，又小聲問：「那總要有個對象吧，真的是陳竹？不可能吧，我怎麼覺得他對陳竹沒那個意思。」

「我怎麼知道。」趙朗銘打了個呵欠，「不過我也覺得不像，這學期開學別說陳竹了，你沒覺得他特別安分嗎？除了打球什麼的，也沒怎麼跟許承洲他們一起出去玩。」

李乘帆回想了一下，還真的是。

他納悶了，「那是誰，總不可能是他隔壁桌啊。」

趙朗銘：「怎麼不可能。」

李乘帆隨口一說，趙朗銘隨口一應，忽然，兩個人都安靜了。

這他媽，不可能吧！

別人沒見著，但他們倒沒少見沈星若甩臉色給陸星延，這樣還喜歡上，那不是自找虐嘛。

可話說回來，陸星延對別人可沒這樣逆來順受的好脾氣。

兩人不約而同看向還坐在座位上蕩漾的某人，忽然覺得這個危險的猜測，其真實性以肉眼可見的速度在上升。

另一邊，沈星若和石沁一起往校外走。

翟嘉靜大概是沒考好心裡還難受，沒跟她們一起，自己先回去了。

不用顧忌翟嘉靜，石沁小嘴吱吱喳喳完全停不下來，從成績一路說到了家長會。

沈星若心不在焉，都沒怎麼聽進去，總覺得唇上有種揮之不去的奇怪觸感。

忽然，她用手背擦了擦唇。

石沁正在等她回答，可回答沒聽到，就見到她這舉動……

石沁頗為詫異地看著她。

這是幹什麼？

怎麼很像小說裡女主角被強吻後會做的動作。

石沁及時刹車，停止了沒有邊際的聯想，問：「星……星若，妳怎麼了，妳嘴唇脫皮了嗎？要不要用護唇膏？」

「不用，我沒事。」

沈星若收回心神。

初夏晚風夾雜著些許燥熱，樹梢已經偶有蟬鳴，她抬頭望了望，發現今晚天空格外明朗，月亮明晃晃，還綴有很多星星。

週末回落星湖。

裴月幫沈星若簽了家長會通知單的回條。

她的字龍飛鳳舞，後來檢查的時候，王有福也沒認出來到底是什麼字，就那麼蒙混過關了。

週一好像總是天晴，朝會如期進行。

校長和主任還有學生代表輪番發言，大家在操場上站著，呵欠打個不停。

高二一班的同學們都在耐心等著什麼，可朝會結束，他們也沒等到。

回教學大樓的時候，班上同學議論紛紛：

「什麼情況啊，不是說楊芳今天要在升旗臺上全校公開道歉嗎？」

「就是啊，我還等著聽呢。」

「不會以為我們忘了吧，她家到底幹嘛的，這都能糊弄過去？」

等回到教室，大家和二班相熟的同學一打聽才知道——楊芳竟然主動退學了！

二班同學說，那事出來之後，楊芳就一直沒來上課。

剛開始班上同學以為她是請假調整狀態，沒想到原來是在辦退學手續。

他們也是今早才知道的——聽說她家長和學校還僵持不下，討價還價爭執不休，意思就是不想在歷程檔案上帶著處分。

可學校態度特別強硬，意思也很明瞭，這處分不管她走不走，都要記上。最終結果還是楊芳妥協了，帶著明禮給的留校察看處分，轉學去了南城。

除了剛聽到這消息時有幾分驚訝，大家細細一想，又覺得合情合理。

楊芳本來就是愛面子的人，這次事情傳遍了整個年級，在明禮這樣大多數都是乖寶寶的學校實在顯得有些匪夷所思。

老師們不知道，但私底下傳得很廣，主因都歸結到了楊芳嫉妒沈星若和何思越走得近這事上。因嫉妒做出這麼多愚蠢又惡毒的事，她在學校待一天，就要被人指指點點一天。事情說出來本就難聽，別人再品頭論足一番，那根本就不是一個十六、七歲的小姑娘能承受得住的。

轉學還算是一條出路。

當然，到如今這地步，也是她活該。

隨著楊芳的轉學，上週學校裡流傳的「沈星若喜歡陸星延」的謠言也慢慢平息了，主要是一班同學全都奔走在闢謠的第一線。

有外班同學問起來，他們就瘋狂搖頭，然後再來個否認三連，「胡說什麼呢？你覺得可能嗎？別做夢了。」

見一班同學都這麼斬釘截鐵，外班的稍微那麼一想，也覺得不大真實，慢慢地也都沒討論了。

等待家長會的一週好像分外難熬，一部分人無所畏懼，另一部分人惴惴不安。

沈星若和陸星延顯然都屬於前一種，雖然兩人無所畏懼的理由隔了十萬八千里，但也算殊途同歸了。

家長會在這週五如期來臨。

班幹部全部留下接待家長，其餘同學可先行回家，或者回宿舍等待家長會結束。

沈星若也被留了下來，因為她是兩次文組班的年級第一，要作為優秀學生代表在廣播站進行演講。

放學時分，明禮校園如同名車展覽會現場，停車場和操場都停滿了車，校外沿路停車位也被停得滿滿的，交警叔叔還在書香路路口維持秩序。

「保時捷、保時捷、賓士、ＢＭＷ、賓士、瑪莎拉蒂我靠……」

李乘帆一個個看過去，嘴裡還在報車子品牌。

趙朗銘揪住他的書包揹帶，往旁邊指了指，「別靠了，那裡還有一輛勞斯萊斯呢。」

李乘帆剛瞥一眼，又發現一輛眼熟的車，「欸賓利……延哥這是不是你家的車？不對啊，我記得你家的車牌是零八八。」

李乘帆話音未落，趙朗銘往他肩上猛拍了下，「我靠！布加迪！」

陸星延也順著他的視線望了過去——

那車，有點眼熟。

陸星延想起什麼，沒說話，拍拍他們肩膀，走到那輛停下的布加迪前。

駕駛座上很快下來一男人。

男人氣質出挑，取下墨鏡，長相更是出挑。

他上下打量陸星延，搖搖頭，又繞半圈去開副駕駛座的門。

這一路敞著篷，裴月被吹得有點凌亂，她拿著手機照了照自己的髮型，嘴上還念個沒完，「你這孩子開車不行啊，太猛了，你看看舅媽的髮型，是不是亂了？」

男人半倚著車門，輕笑了一聲，好聽的話不打草稿就往外蹦，聲音慵懶，「舅媽天生麗質，什麼髮型都只是錦上添花，往家長人群裡一站，沒有人比您更美的了。」

裴月就愛聽這種話，一下子心花怒放。

可轉頭看到陸星延擺著一張分分鐘要翻白眼的臭臉，她還沒揚起的嘴角瞬間扯平，「你這是什麼表情，我和你哥特地趕來陪你開家長會，你什麼態度，多大的人了，不會喊人？」

「妳不是陪我開家長會的吧……」

「欸陸星延怎麼這樣說話。」

陸星延做了個打住投降的動作，懶洋洋喊了聲「媽」，又喊了聲「哥」。

喊完他又問：「我爸呢。」

裴月損他出口成章，「你爸嫌陪你開家長會丟了他堂堂董事長的臉，這不是找藉口沒來了嘛。」

陸星延：「……」

說起來陸山也是個不能立 Flag 的人，嘴裡說著肯定能擠出時間，結果臨時有急事，一個飛機又去了帝都，才拉外甥來救場。

見陸星延這便秘樣，立在跑車旁的男人調侃了一句，「怎麼，我麻省理工畢業的來陪你開這不到四百分的人的家長會，你還委屈上了？」

陸星延：「……」

他現在很難預測，他媽把四百分這個執念宣揚到了什麼程度。

在車邊聊了兩句，陸星延讓李乘帆和趙朗銘兩人先走，自己帶著裴月和他表哥又回了一班。

這時一班已經來了不少家長，大家交頭接耳，還有的在打電話。

班幹部則是迎接家長，發礦泉水、在黑板上寫字。

陸星延將兩人領到座位上坐好，又拉住阮雯，問：「沈星若呢？」

阮雯突然被這麼一拉，嚇得和小雞仔似的，吞吐了兩聲才說：「在、在王老師辦公室。」

見裴月坐在沈星若的座位上，她下意識以為這是沈星若媽媽，連忙打招呼道：「阿姨好，我是星若的朋友，您稍等，我去叫星若過來。」

裴月滿臉都是笑意，「那先謝謝妳了，小同學。」

阮雯點點頭，一下就溜沒了影。

到辦公室，阮雯敲了敲門，然後進去拉了拉沈星若的校服袖子，「星若，妳媽媽來了。」

王有福正在幫沈星若檢查等等的優秀代表演講稿，乍一聽這話，感覺好像哪裡不對，「等等，沈星若，妳媽媽……妳媽媽來了？」

沈星若先讓阮雯回去，然後才和王有福解釋，「阮雯認錯了，應該是我阿姨。」

王有福一頓，「妳怎麼能叫阿姨過來開家長會呢，家長會還是要妳爸爸過來才對啊。」

沈星若沒接話。

王有福也感覺她的家庭關係不太對勁，嘆了口氣又說：「這不行，雖然妳成績很好，也沒什麼可讓老師操心的，但課業必須是家長和學校共同關心才行，這樣，妳留妳爸爸的電話號碼給我，我有空要跟他交流一下。」

沈星若靜默幾秒，點了點頭。

時間快到了，王有福沒多說，讓沈星若幫忙拿著成績單，一起往教室的方向走。

走到一班門口，沈星若看到陸星延在走廊上玩手機。

兩人對視了一眼，都沒說話。

進教室，王有福下意識看了一眼沈星若的座位。

他對裴月有點印象，上學期就是她來陪陸星延開家長會的，所以先入為主以為旁邊這年輕男人是沈星若家長，坐錯了位子，可仔細一想又不對，不是說阿姨來參加家長會嗎？

他走過去，先和裴月打了個招呼，又問旁邊男人，「你好，請問你是……」

男人朝王有福點了點頭，「老師你好，我是陸星延的表哥，姓江，叫我小江就好。」

王有福愣了一下，四百分都沒考到，陣仗倒是挺大，媽媽來了還不夠又帶上一個表哥。

他緩了緩神又說：「陸星延媽媽，那你們要在旁邊坐個小凳子，我讓同學幫你們搬，這是陸星延同學的座位，要給她的家長坐。」

裴月笑意盈盈，「不用麻煩了王老師，我今天是來陪星若開家長會的。」

王有福又是一愣，「不是，妳不是陸星延的媽媽，怎麼……沈星若？」

「一樣一樣，都是一家人。」

第十四章　家長會

一家人？

王有福下意識就往表親關係上聯想了一下。

沒等他多問，鐘聲準時響了，他只好點點頭，腦子一團亂地往講臺走。

沈星若也和裴月點了點頭，然後從第一組開始發成績單。

王有福在講臺上說著開場白，瞥到裴月欣賞沈星若成績單時那一臉滿意的樣子，忽然卡了卡。

沒別的，他實在是覺得匪夷所思。

沈星若和陸星延這對表兄妹，怎麼能差那麼多。

而且差那麼多陸星延他媽還笑得出來，到底誰才是親生的？

此時王有福沒想到，更匪夷所思的事情還在後面。

考慮到來參加家長會的家長們的心情，在上半學期成果展示這一環節，表揚項目細分了十幾二十類，目的是爭取發現每個同學的優點，讓每個人都能受到表揚。

這樣的話，即便成績不甚如意，家長們心裡也會舒服一點。

在這一重點環節，沈星若幾乎每一次表揚都能高位出道。

裴月每聽一次，臉上笑容就擴大一分。

到最後說到沈星若考了兩次文組班的年級第一時，裴月滿臉都寫著「與有榮焉」四個大字，眼睛瞇成了一條縫，笑得完全闔不攏嘴。

別的家長不明就裡，心裡一邊想著這轉學來的小女生可真厲害，一邊把裴月當成沈星若的媽媽，暗自豔羨。

只有王有福格外納悶——

妳兒子身為為數不多的零表揚成員，妳高興什麼？

江表哥見裴月這麼開心，也有些看不下去了。

期中考就不說了，第一次月考，陸星延只考了沈星若這小女生一半的分數，舅媽怎麼能笑得出來？

照他這樣不好好念書，回家繼承家業都能分分鐘把金盛敗光了。

裡面教室開著家長會，外面班級幹部們都在走廊等待。

大家沒聽到之前王有福和裴月的對話，被阮雯帶歪了，都以為裴月是沈星若的媽媽。

大家隔著玻璃打量裴月，不停竊竊私語。

其實上學期裴月也有來陪陸星延開過家長會，只是當時陸星延成績表現通通吊車尾，她都不怎麼好意思招搖，打扮樸素全程低調，壓線進教室，開完會又立刻消失，存在感低到近乎沒有。

除了王有福記性好，沒人記得她。

家長會進行到一半的時候，年級組長開廣播——

年級組長的廣播內容圍繞「馬上就要進入高三，四捨五入等於馬上就要升學考了」展開，大致分為三個大點，而後展開了四、五個小點和七、八個方向。

好在他的語速遠遠勝過王有福，三十五分鐘就結束了嘮叨，然後進入到優秀學生代表演講的環節。

沈星若作為文組班的優秀學生代表發言。

她的演講稿簡潔清晰，聲音又乾淨清澈，很是博人好感。

一班的家長們再次將豔羨的目光投到了裴月身上。

裴月也再一次笑得容光煥發。

一班的班級幹部們站在教室外面小聲討論：

「沈星若媽媽好洋氣啊，保養得好好。」

「他們家有礦嗎，她媽媽看起來很有錢很有氣質的樣子。」

「沈星若又是鋼琴又是小提琴的，沒礦怎麼學？」

「欸她媽媽拎的那個包我知道，愛馬仕的，好幾十萬，還要配貨。」

陸星延一直沒走。

倚著欄杆玩手機，時不時透過窗子往教室裡瞥一眼。

聽旁邊同學把裴月誇上了天，他忽然想把這話錄下來給裴月聽聽，大概還能拿個雙倍生活費什麼的。

其實她們也挺想討論他表哥，那長相、那氣質，太惹眼了。

可陸星延這閻王爺就站在旁邊，還絲毫沒有要走的意思，她們也就沒敢當著他的面討論。

沈星若代表文組班發完言，之後還有人代表理組班發言。

優秀學生演講完畢，年級組長又總結了幾句，這才把麥克風交還給各班班導師。

陸星延站得有些無聊了。

看了看時間，離沈星若發言已經過去二十分鐘。

她還沒回來。

陸星延不知想到些什麼，忽然站直身體，往辦公室走。

沈星若從廣播站出來，沿著東側樓梯往下。

下到一樓時，她原本打算直接回一班。可想起自己的書包還放在王有福辦公室，她又繞過樓梯去了辦公室。

這時老師都在開家長會，一整排辦公室亮著燈卻沒有人。

一路往前走到社會科辦公室，沈星若看到阮雯靠在辦公室門口。

她本想出聲打招呼，可忽然發現阮雯縮在那，肩膀一聳一聳地，好像在哭，只是沒哭出聲。

她走近。

辦公室裡傳出一男一女討論的聲音，聲音不算大，但在空曠安靜的辦公室裡，格外清晰。

「……真是絕了，她也不為自己女兒考慮一下，穿一件環衛工人的衣服就來了，怎麼想的。」

「我剛剛發水發到她座位時都快窒息了，真的不是我嫌棄環衛工人啊，身上真的有股怪味。」

「要是我就不要她來開家長會了，好丟人。」

沈星若沒看見裡面的人，但聽出了李聽的聲音。

另外一個說話的男生是班上的生活股長，叫孟鋒。

孟鋒的名字很陽剛，但整個人 Gay 裡 Gay 氣的，平日和李聽那幾個嘴碎的女生玩在一起，時不時翹個小蘭花指，手邊常備時尚雜誌。

孟鋒：「不過話說回來，阮雯家原來這麼窮啊。那難怪了，她平時看起來就畏畏縮縮的，穿得也不怎麼好，她怎麼好意思和沈星若一起玩。」

「嘁，你也是喜歡捧沈星若。」李聽不以為然，「我看沈星若也沒真的把她當朋友，大概是和她一起玩，就可以襯托出自己很高高在上很不食人間煙火吧，阮雯也是沒自知之明，熱臉貼冷屁股貼得可勤快了。」

阮雯很想衝進去說些什麼，可她向來就不是膽大的人，即便站到李聽和孟鋒面前，也很難質問出一句完整的話。

心裡的難過堆積在一起，她差點哭出了聲，可還是努力忍著忍著。

忽然，一道身影從她身邊掠過。

她擦了擦淚水模糊的眼睛，愕然發現沈星若不知什麼時候來了，這時進了辦公室，直接將手裡一疊講稿重重地扔在辦公桌上。

李聽和孟鋒被扔講稿的聲音嚇到了，回頭看到沈星若，神情倏地僵硬。

眼角餘光瞥見站在門口的阮雯，更是半個字都說不出來了。

「道歉。」

沈星若也不廢話，看著李聽和孟鋒，聲音冷硬。

李聽和孟鋒不知是沒回神還是怎麼，都沒出聲，也沒任何動作。

沈星若重複了一遍，「現在立刻馬上，向阮雯和她媽媽道歉。」

「李聽，妳還要向我道歉，我原本以為妳只是嘴碎，原來妳嘴還這麼臭。」

唰一下，李聽的臉色變得非常難看，「沈……沈星若，妳不要太過分。」

「誰過分了？」沈星若偏頭看過去，目光冷冽，「妳爸媽是公務員妳就很高貴嗎？我真的很難相信明禮會教出妳們這麼狗眼看人低的學生。環衛工人怎麼了，大家各憑本事賺錢吃飯，妳沒有妳爸媽，掃地都掃不乾淨，有什麼資格對人家父母的職業說三道四。」

沈星若平日不是話多的人，突然間說話又冷又尖銳，一點和緩的餘地都不留，李聽和孟鋒臉上都非常掛不住。

孟鋒忍不住說：「我們又沒看不起，不過就是討論一下，怎麼了。」

「你摸著自己良心說，剛剛的話只是討論，沒有看不起嗎？」

孟鋒囁嚅，沒接話。

李聽也一副很不配合的樣子，拉不下臉道歉。

陸星延走到門口，正好看到這一幕。

阮雯見他來，一邊哭一邊瑟瑟發抖。

陸星延問她怎麼回事，她半天都無法說出一句完整的話。

裡頭沈星若已經開課了——

「我說最後一次，道歉。」

「不道歉也可以，你們家長都來開家長會了，那我現在就去問問，你們父母知不知道自己小孩現在是一副怎麼樣的嘴臉。」

一聽這話李聽就慌了，對著她嚷：「沈星若妳有完沒完，又不關妳的事妳出什麼頭！」

「怎麼不關我的事？妳剛剛怎麼說我的需要我幫妳複述一遍？」

「我在寢室時是不是就告訴過妳，不要把妳豐富的情感用來幻想妳的室友，妳知不知道，妳嫉妒的樣子還有妳看不起人的樣子真的很醜陋！」

李聽還想說些什麼，孟鋒卻忽地拉住她，對她使了使眼色。

李聽才發現，陸星延雙手插在口袋裡，正懶懶散散地往辦公室裡走。

陸星延停在了沈星若身邊。

他下巴微抬，一手攬著沈星若肩膀，半隨意半認真地問：「你們兩個的理解能力不行還是怎麼回事，沈老師不是叫你們道歉嗎？還愣著等人一字一句地教？」

孟鋒其實早就想道歉息事寧人了，他很清楚這事是自己不對。

陸星延這麼說，他反應很快也沒掙扎，立刻低頭道歉，「沈星若對不起。」

轉了轉方向，他又對阮雯說：「阮雯對不起，我們不應該在背後議論妳媽媽的工作，真的很抱歉，我不是有意的，希望妳可以原諒我。」

李聽臉色難看到了極點，僵持半晌，還是對著兩人，勉強擠出了兩聲對不起。

孟鋒說完，見陸星延沒什麼反應，就試探著往外走。

李聽跟在他後面。

陸星延沒管孟鋒，但李聽想往外走的時候，他伸腳攔了攔，「妳還挺傲，道個歉還不情不願的，老子逼妳立牌坊了？」

沈星若沒聽過陸星延自稱老子什麼的，頭一遭聽他這麼說話，竟然有點出戲。

李聽被嚇到了。

同時又覺得被男生這麼說很難堪，一下子眼眶都紅了。

她咬著牙，忍了忍眼淚，又低聲下氣地重新道了一遍歉。

陸星延沒再攔。

她再也忍不住，掩著唇，邊哭邊往外跑。

人都走了，沈星若推開陸星延的手，看了他一眼，然後到門口拉了拉阮雯。

阮雯還在抹眼淚，小聲道著謝，聲音有些破碎。

沈星若陪她到教學大樓外的花壇邊坐了一會兒。

晚上的風吹在哭過的眼睛上，像吃了薄荷糖，很涼。

同時還有一點點腫痛。

阮雯抹了好久，才勉強止住眼淚。

沈星若沒說話，就在一旁遞衛生紙給她。

她差不多平復了，才斷斷續續地說——她媽媽的確是環衛工人，爸爸在菜市場上班，家庭條件雖不富足，但爸爸、媽媽都很愛她，對她很好，她也很愛她的爸爸、媽媽。

只不過在明禮這種大部分學生家庭條件都很優越的環境裡，她還是難免會有些自卑，而且很多東西她都不懂，同學經常出國旅遊什麼的，她連星城都沒出過，所以平時不怎麼敢大聲講話。

今天她媽媽因為加班，來不及換衣服就來了學校，來了之後還一直跟她道歉，說讓她丟臉了。

「其實我沒有覺得丟臉，而且我知道大家都很善良，可能會用好奇的眼光去打量我媽媽，但那種打量並沒有惡意。」

「我媽媽趕來的時候很渴，何思越還特地多發了一瓶水給她，我媽媽一直誇他人好。」

「李聽他們那種是少數，我室友她們都知道我家境不太好嘛，但平時也沒有看不起我的，相反的還很照顧我。」

「我聽到李聽他們那麼說真的很難過，但是我更難過的是，我發現自己好像一點都不勇敢，都沒有辦法像妳一樣，站到他們面前，要他們跟我道歉。」

沈星若教訓人的時候很有一套，但不怎麼擅長安慰人。

在那坐了半天，她只說了一句，「爸爸、媽媽愛妳，這應該是一件很幸福的事。」

阮雯認真地點了點頭。

阮雯其實也沒有特別脆弱，當下覺得難過到不行，回過神來，感覺又還好。

坐著吹了一會兒風，她深呼吸兩口氣，站起來，說家長會快要結束了，她要去等她媽媽。

沈星若點點頭，陪她一起進去。

在走廊，兩人遇到了陸星延。

剛好鐘聲響起，沈星若讓阮雯先走。

陸星延靠在牆上，一手插口袋，一手滑著手機螢幕。

他像沒骨頭似的，沈星若過來，手就特別自然地搭上了她的肩，還隨口調侃了一句，「把我當什麼了，用完就扔。」

「一次性筷子、衛生紙、塑膠袋，或者是保險套，你想當什麼就當什麼。」

「……」

「妳一個女孩子，說話收斂一點。」

沈星若往一班教室的方向望了望，「好像結束了。」

陸星延「嗯」一聲，然後和她一起往教室走。

家長會結束，裴月被一眾家長簇擁著，問她平時怎麼教沈星若的，沈星若為什麼這麼優秀，沈星若在家都怎麼讀書。

裴月一開始還解釋兩句自己不是沈星若媽媽，可來問的人多了，她解釋不過來，本身又很享受這種被簇擁的感覺，於是一本正經地胡說八道起來了。

「我們星若啊，在家從來不讀書，偶爾彈彈琴啦，聽聽音樂會啦，看看書啦。」

「欸，我們做家長的又能做什麼呢，這孩子從小就不用人操心，我都是放養，她喜歡幹什麼就幹什麼，都是自己自覺，自己優秀。」

「對，她就是特別懂事，平時打電話給我就是說說考了年級第一之類的事情。」

陸星延：「……」

沈星若：「……」

等人群散開，從未受過如此冷落的江表哥笑了一聲，「舅媽，妳當人家小姑娘的媽，還當上癮了。」

裴月一本滿足，末了又嘆氣道：「我要真的是她媽就好了。」

男人把玩著車鑰匙，隨口說了句，「您讓陸星延努努力，不是也有可能嗎？」

陸星延：「……」

沈星若：「……」

別說，這建議還真的在裴月腦子裡過了一遍，緊接著她又想到「近水樓臺先得月」什麼的，感覺希望的小火花已經有了苗頭。

可她在看到陸星延這一無是處四百分都考不上的零表揚黨骨幹成員的一瞬間，幻想戛然而止。

——她不允許自己做出昧著良心牽黑線禍害人家女生的事情。

陸星延並不知道他媽這短短一瞬間，心思百轉千迴，已經坐了好幾遍雲霄飛車，還渾然未覺，沒骨頭般鬆散站著，有一搭沒一搭地嚼口香糖。

裴月看到他這副坐沒坐相、站沒站相還很有優越感的樣子就覺得急火攻心。

但凡他拿得出手一點！

但凡他有那麼點特長！

……算了。

離開學校的路上，裴月都沒理陸星延，離他三丈遠不說，還把他排擠到只能跟表哥一起走在後面。而她親親熱熱挽著沈星若，一路遇見家長同學，也笑瞇瞇地打招呼，乍一看還真的挺像一對母女。

江表哥箍著陸星延肩膀，腦袋也朝他偏，「你打聽清楚了嗎，這小姑娘不會是你爸媽的私生女吧，或者你和人家小時候抱錯了？」

「哥，你最近開始研究青春文學了？你說的劇情我經常聽我們班女同學聊小說聊到。」

江表哥沒接話，漫不經心地笑著，他開的跑車只能坐兩個人，散了會還要去接女朋友下班。

好在裴月先跟劉叔打好了招呼，出了書香路就見車在等候。

裴月在學校因沈星若心情大好笑意盈盈，可坐到車上，就想起了陸星延才是她兒子這個不願意接受但也必須接受的事實。

手裡拿著兩份成績單，她越看，心裡頭那無名火就冒得越盛。

她知道陸星延從小到大成績就差，還愛在學校惹是生非。

她已經很佛系了！

可以前沒什麼優秀的參考對象也就覺得還好，畢竟他那些個玩得好的小男生們還不如他。

再加上平時吃飯她愛看電視上午間、晚間的社會新聞，心裡把陸星延和社會新聞裡那些年紀輕輕就蹲局子的不良少年放在一起比較，又覺得陸星延也沒那麼差，起碼沒未成年就直接鐵窗淚。

可一看他和沈星若的成績單，她才知道陸星延到底差到了哪種地步，澈底崩潰了！

裴月：「你第一次月考是在幹什麼？鬼畫符嗎？你總分只有若若的一半啊！地理三十多，選擇題用猜的都不止三十多吧！」

陸星延：「地理選擇題分數又不多，您猜個三十多分給我看看。」

「你還頂嘴！你還頂嘴！」

裴月氣得從副駕座往後轉，捲起成績單去敲陸星延腦袋。

可距離略遠，她手又不長，打了好幾下都沒打到。

陸星延癱在座椅裡，手裡擺弄著手機，長腿往前伸著，活生生擺成了「你奈我何」的造型。

裴月差點氣炸了！

沈星若見狀，趁陸星延不注意，默默用平板拍了一下他的腦袋，然後一本正經地說：「裴姨，我幫妳打了，妳別生氣，氣壞身體就不好了。」

陸星延一臉見鬼的表情。

裴月差點噴薄而出的怒火被沈星若這麼一逗，不知怎麼的忽然收了大半。

「陸星延你和若若好好學學，你們兩個座位坐在一起不是嗎，你怎麼連若若的百分之一都沒學到？俗話還說近朱者赤，我瞧你怎麼越來越黑了！都高二下學期了沒一點進步！四百分還考不到！」

她不知是想罵還是想笑，想要用惡狠狠的語氣再訓一次陸星延，可說出來的話明顯不如剛剛強硬。

「怎麼能說沒進步，高一總分九百六，我每次都考三百多，現在總分只有七百五了，我還是能穩定地考三百多，這不就是進步嗎？」

陸星延振振有詞，越說還越覺得自己有道理，「而且我這次有兩分沒去找數學老師要，實際上我是考了四百的，媽你不要老念著四百、四百，就四百分，有多難？」

「不難你下次考給我看看！」

「考就考，」陸星延心裡衡量了一下考試難度，還討價還價，「我期末肯定能考四百，媽，考了四百，下學期生活費要漲一漲了吧。」

他心裡默默補了句：我一個人拿生活費還要養童養媳，真的很不容易。

裴月不知道他的心酸，揮了揮手，「你別給我空口畫餅，先考到了再跟我說。」

陸星延爽快答應下來，「行。」

裴月想起什麼，又警告：「我醜話說前頭啊，你別給我作弊什麼的，你看今天家長會，有幾個作弊的還要被當眾拎出來罵，太丟人了！你要是作弊被抓什麼的就去求你哥，我和你爸絕對不會去學校幫你收拾爛攤子！」

「媽妳能不能對我的人品有點信心？」陸星延不樂意了，「不信妳問沈星若，我成績是差了點，但實事求是，英語聽寫我都不作弊的。」

沈星若點點頭，「嗯，每次都是二、三十分，發揮很穩定。」

陸星延：「欸沈星若妳怎麼回事，妳別挑撥離間我們和諧的母子關係啊。」

裴月：「誰跟你和諧，誰跟你母子，你閉嘴！」

陸星延：「……」

他覺得自己可以寫一篇小作文了。

題目就叫《論有一個現實的媽媽是一種怎樣的體驗》或者《人間真實之親情篇》。

一路鬥嘴，快到落星湖的時候裴月想起一件正事，「對了，你們王老師說下學期高三可以不住宿舍了，你們有什麼打算？」

沒等兩人接話，她又說：「我聽有些家長說，他們打算現在就開始找房子，六月前後，高三升學考那時你們學校旁邊空房子最多，有一部分都打算租到學校附近住啊。」

高三租房這件事，沈星若聽石沁說過。

石沁她媽媽打算高三幫她在校外租個一室一廳的房子，然後過來照顧她。

也就相當於陪讀。

好像家庭條件能承受的，都會做這樣的選擇。

還有一些家裡父母忙著工作沒時間，就會幾個同學一起合租，然後再讓其中一個同學的媽媽過來。

都沒時間的話，也會幾個家庭合請一個阿姨，照顧飲食起居。

見沈星若和陸星延沒說話，裴月也不管，自顧自說自己的想法，「我記得你們東門那邊那個社區，星河灣，你爸是不是還留了一間頂樓的房子？」

陸星延「嗯」了聲，「好像是吧，我也不記得了。」

「是不是裝潢了？」裴月碎碎念，「我問問你爸，是就最好了，我看你們下學期就可以直接住進去，我讓周姨去照顧你們。」

金盛是星城的房地產企業龍頭，各種建設案子遍布星城，自然是不需要租房子。

只是裴月這打算，是要她和陸星延住在一起吧……

沈星若想說點什麼，可最後還是沒能說出口。

說到底，她也是寄人籬下，不該有太多意見，再說了還有周姨在，和週末住在落星湖其實也沒什麼差別。

沈星若沒意見，陸星延自然就更沒什麼意見了。

他一開始也沒覺得怎麼樣，自顧自玩著手機，但腦海中忽然閃過「同居」這兩個字，然後又自行想了一番「無媽」版本的同居生活，那四捨五入和無碼有什麼區別呢。

想到這，陸星延咳了兩聲，自動清除一下腦子裡的黃色廢料，又表態，「也可以，媽妳先問一下爸，看看是不是已經裝潢好的。」

裴月點頭，「這個問題不大，還沒裝潢現在開始也來得及，你們有空也去看看，自己選一下房間，暑假的時候就把缺的東西添置上。」

「嗯。」陸星延應聲，目光順便從沈星若臉上掠過。

週六的時候，陸山回來了。

裴月記著星河灣房子的事，吃飯的時候問他。

陸山回想了一下，「星河灣是吧，我記得都是已經有裝潢的，當時的定位的是中高檔建案，裝潢的驗收標準還是挺高的，稍微收拾一下就能直接搬進去了。」

那就最好不過了。

陸山邊夾著菜，又邊問了問家長會的事。

陸星延的分數早就傳到他手機上了，三百多也不是第一次考，他看多聽多了，也沒什麼感覺，一開口就問：「妳去幫陸星延開家長會沒被罵吧，陸星延這學期有沒有受到處分什麼的？」

陸星延正在喝排骨湯，一口湯差點沒咽下去。

好不容易咽完，他實在是忍不住了，「你們都是什麼爸媽，我難道有那麼不堪嗎？」

陸山和裴月停了停筷子，唰唰看向他，沒說話。

當然，那眼神是明明白白了——對，你就是有這麼不堪。

陸星延很有骨氣，剩下半碗湯硬是不喝了。

大概是覺得打擊式教育對小孩成長不好，陸山咳了咳，又換了個話題，「那什麼，星若妳考多少？前幾天就聽妳裴姨說，又是年級第一啊。」

沈星若還在想要不要說，裴月就先幫她說了，「星若第一次月考七一八，這次期中七二零，都沒扣什麼分，那試卷發下來啊，工整得和什麼似的。」

陸山止不住點頭說好，然後又回想了一下陸星延的成績，「陸星延期中三九八是吧，第一次月考三百多少？」

裴月：「三五九。」

陸山算了一下，「那他第一次月考，只考了星若的一半？」

這下子，陸山的湯也喝不下去了。

他眼前黑了幾秒，看向陸星延，想說點什麼，卻不知道從何開口。

他轉而看向沈星若，沉吟片刻，象徵性地交代一句，「星若啊，妳有空也幫陸星延補補習，叔叔要求也不高，他要是每科都能及個格，就已經挺好的了，當然還是不要耽誤妳的課業啊。」

陸山也就是這麼一說，表現一下自己雖然無能為力但還是很關心自己兒子的拳拳慈父之心。

沈星若點點頭，也就那麼一應，畢竟陸星延連作業都沒寫過幾次，她是真的覺得，陸星延需要的不是補習、複習、溫習，而是預習。

可陸星延不知想到什麼，忽然打起精神了，拿著白孔雀點頭瞬間掉下的孔雀羽毛當令箭，特別積極向上求知若渴。

喝完剩下半碗湯，他拿餐巾紙擦了擦嘴，問：「那什麼時候開始，今晚嗎？正好我作業都不會寫。」

陸山：「……」

沈星若：「……」

吃完飯，陸山尋了個機會悄悄問裴月，「陸星延怎麼了，我隨口一說讓星若幫他補習，他怎麼這麼積極。」

裴月不以為然，「你當他真的喜歡讀書嘛，家長會回來他給我畫餅，說什麼期末肯定能考四百分，讓我幫他加生活費呢！」

「妳說說他怎麼這麼能花錢，我問了別的家長，那大部分一個學期都沒五千生活費。」

裴月越想越納悶，又開始碎碎念，「而且學校要交錢什麼的都是我這另外報銷，衣服、鞋子也都是我在買，你說他天天在學校花錢都幹什麼了？」

「不會是養女朋友了吧，可是我這次去開家長會旁敲側擊的，也沒聽說他交了女朋友啊。」

樓下裴月和陸山小聲嘀咕，樓上沈星若和陸星延各自回房洗澡。

洗完澡，陸星延積極情緒還沒過，咚咚咚開始敲沈星若房門。

沈星若剛好在吹頭髮，開門見他手裡抱了一疊書，她也沒讓人進來，只說：「去你房間吧。」

上次陸星延進她房間偷偷摸摸的，也不知道幹了什麼好事，她至今還沒查出來。

陸星延無所謂。

沈星若又說：「我吹完頭髮就過去，你要補習哪一科？」

「妳覺得呢？」

沈星若：「……」

陸星延有一點挺好，不偏科，每一科都差得很均勻。

她想了想，「那今晚就補數學吧，我再看看你的國文基礎，畢竟是主科。」

陸星延比了個ＯＫ的手勢，往嘴裡抵了一片口香糖，又拆開一片，往沈星若嘴裡塞。

「我不吃。」

「清新口氣。」

趁沈星若說話的時候，他往裡面塞了一小半。

沈星若沒怎麼進過陸星延房間，大多時候都是站在門口。

他的房間是很典型的大男生風格，牆壁上貼了一些籃球明星的海報，還有車的模型、變形金剛什麼的。

書桌上堆了一些體育雜誌，大概是因為今晚要補習，才稍微收拾了一下。

見沈星若過來沒帶書，他挑眉，「妳空著手來補習？」

「不然呢，我還要提人參、燕窩、保健品？」

陸星延：「……」

沈星若在他書桌前落座，他早就準備好了數學作業和國文作業，「沈老師，從哪裡開始？」

沈星若拿起他桌上的牛奶，「你先做，就從數學這張試卷的第一題做起。」

陸星延也聽話，說著就像模像樣拿計算紙算起來了。

沈星若靠在椅背裡，邊打量他房間，邊拉易開罐的開口。

她剛剪了指甲，又塗了護手霜，有點使不上力。

陸星延就和後面長了眼睛似的，忽地放下筆，從她手裡搶過易開罐，輕鬆掰開，然後又遞還給她。

她接了，將吸管放進去小口小口吸著。

陸星延剛洗過澡，身上的味道很清新。

他上身穿黑色棉質T恤，下身穿灰色短褲，長腿精瘦。

沈星若等他算題等了一會兒，又上下打量他，手裡有一搭沒一搭轉著筆。

忽然筆掉了，掉在陸星延腳下。

她彎腰撿。

陸星延不知道她在幹什麼，寫了一整頁計算紙都沒寫出個結果，翻頁時手肘一抬，「哐嘰」撞到了她的後腦勺，然後又帶翻了她手裡的牛奶——

沈星若也沒想到會這樣。

一瞬間，腦袋被他手肘帶得往他身體的方向靠近，下巴就那麼磕上了他的大腿。

牛奶一半潑在他黑T恤上，然後順著T恤滴滴答答流到了他褲子中間。

第十五章　補習

就好像做壞事不被人抓個正著就不叫做壞事一般，尷尬的場景缺少見證人也就不能算尷尬得完整。

陸星延和沈星若都還沒反應過來的時候，門口忽然響起一陣敲門聲，「是我。」

——裴月的聲音。

陸星延腦子裡閃過一句，「屋漏偏逢連夜雨，守得雲開見月明」，也不知道對不對，總之腦內混亂之際，他還默默覺得自己其實有點文化。

門沒鎖，裴月這麼招呼了聲就打算推門。

耳邊傳來細微的門鎖擰動的聲音，牛奶還在往下滴滴答答。

那一刻，所有微小的感官知覺，彷彿都被乘以十倍乘以百倍地放大。

沈星若後腦勺有點麻，下巴也被撞得有些疼。

腦袋短暫地空白了兩三秒，她突然回神，忍著不適，按住陸星延的大腿起身。

緊急時刻她也不講究，直接在陸星延T恤上蹭了蹭唇邊殘留的奶漬，然後又從陸星延床上扯過被子，罩住了他的下半身。

——在罩住的一剎那，裴月端著兩杯牛奶進來了。

沈星若面不改色，回頭走至裴月面前，還揚起唇角，接過了裴月手裡的兩杯牛奶。

「謝謝裴姨。」

聲音也很正常。

陸星延整個人還是傻的。

沈星若這一套難度指數八點八的蓋被子動作完成得行雲流水，精準控制在他媽推門而入的數秒之內。

而且最為難得的是，這一套高難度動作後，又立馬銜接上了一套難度係數九點九的模範乖乖牌演出，臉不紅心不跳，笑容甜美中不失矜持，親近中不失禮貌，可以說是毫無破綻。

裴月進了房間，總覺得哪裡不太對，但也說不上具體是哪裡不太對。

她環視一圈，笑著和沈星若說了幾句，又一秒變臉，警告陸星延要好好聽沈星若補習。

準備轉身離開的時候，她忽然頓了頓腳步，「陸星延，你蓋什麼被子？」

沈星若代為發言道：「他說他冷。」

裴月上下打量了陸星延兩眼，「上半身穿短袖下半身蓋被子，你搞什麼呢，冷不知道穿外套？」

沈發言人繼續道：「他說他腿冷。」

裴月好像一瞬間想明白了什麼，上前揪了一把陸星延的耳朵，「你欺負若若？你別給我作亂啊我告訴你，補習就好好補，少給我胡鬧！」

警告完，她又轉身對沈星若說：「若若，他要是再欺負妳就別理他了，回自己房間睡覺去，反他的他水準也就是這樣，妳好心幫他補習，他還一點上進心都沒有！」

沈星若安安靜靜站在那，沒說好也沒說不好，反正看起來很乖巧委屈。

陸星延想說點什麼為自己辯白，可還沒開口，就被裴月一眼瞪了回去。

兩分鐘後，沈星若送裴月出門。

一直目送著裴月消失在樓梯轉角，沈星若才輕輕關上房門回房。

房間內有淺淡的牛奶香甜的味道。

陸星延見裴月走了，第一時間拎開那床被子，低頭看了一眼，然後「靠」了一聲。

他褲子中間濕噠噠的，鼓鼓脹脹有些明顯，地上一灘乳白色的牛奶。

如果剛剛裴月進來撞見的是這副畫面，並且沈星若腦袋還放在他腿上，陸星延也不知道他媽是會將兩人永世隔離還是當場按頭結婚。

沈星若也不由自主回想起了剛剛的場景。

她不動聲色挪開目光，遠遠站著，也不靠近。

陸星延起身走到衣櫃前，邊拿衣服，邊像沒事人般故作無所謂地問道：「妳剛才在幹什麼啊，我他媽還沒反應過來就被妳潑一身牛奶。」

沈星若：「我沒怪你，你竟然還倒打一耙。」

陸星延發現自己衣櫃裡有一件沒拆標籤的卡其色連帽衣，和沈星若身上的一模一樣。好像是去年在某運動品牌為了湊折扣買的，純色，沒有一點花紋，素得不符合他的氣質，所以他一直都沒穿過。

他拿起那件連帽衣，又說：「怪我？我有什麼好怪的？我剛剛規規矩矩寫題目，明明就是妳搗亂。」

在沈星若開口前，他又晃了晃新拿出來的衣服褲子，「欸，我要換衣服了，妳往後轉。」

沈星若沒動。

他挑挑眉，捏著衣角邊作勢要往上扯，「欸，我真的脫了。」

沈星若這下反應倒快，立馬轉了身往書桌那走。

陸星延故意逗她，見她正經的樣子，唇角扯了扯，拿著衣服褲子去了浴室。

等陸星延換好衣服，沈星若已經將書桌底下的爛攤子收拾好了。

兩人重新落座。

沈星若覺得哪裡不太對，上下看了兩眼陸星延的衣服，忽然說：「你的衣服和我一樣。」

陸星延轉了一下筆，挑眉。

沈星若對上他的視線，問：「你為什麼穿和我一樣的衣服？」

「我花錢買的怎麼就不能穿了？」陸星延好整以暇看著她，「我是剛好看到有件和妳一樣的衣服，想跟妳穿個師生裝以表尊重妳懂不懂，欸妳不會以為我要故意和妳穿情侶裝吧？」

沈星若沒接話，面無表情地拿筆敲了敲桌邊，「寫題目。」

陸星延笑了聲，靠著椅背，併攏兩指，從眉骨朝她揮了揮。

然後懶洋洋道：「遵命，沈老師。」

沈星若給了他五分鐘，見他在計算紙上寫寫畫畫還挺認真，於是問：「寫到第幾題了？」

「妳不是讓我寫第一題？」

沈星若：「……」

她身體往前稍傾，從陸星延桌上拿過試題看了看，「第一題只是問個子集，你寫什麼寫了兩張計算紙？而且就是個選擇題，豬來選都有四分之一的機會選對。」

陸星延：「欸妳說話就說話，沒有妳這樣侮辱人的啊。」

沈星若：「你四百分都考不到還挺玻璃心。」

沈星若瞥他一眼，扯過試卷，從第一題講起。

前面幾題簡單，她都沒動筆。

陸星延也沒那麼無可救藥，聽她說，基本也聽懂了。

到幾何題，沈星若拿過計算紙，耐心地畫圖。

「這是圓柱，這兩個中心點，連起來，這樣……」

「題目說的這個過兩個點直線的截面，意思就是說將圓柱從中心切開……切開你懂嗎？」

她身上有青草沐浴乳香，還有一點點甜甜的味道。

陸星延聽她說話畫圖，莫名覺得可愛，一時略微有些分神，根本就不知道她在說什麼。

這時聽她問懂不懂，他索性搖了搖頭。

沈星若頓住了，偏頭認真問他，「你是豬嗎？」

陸星延：「……」

可愛不過三秒鐘。

沈星若也是不信邪了，拿起剛剛的牛奶罐對他比劃，「這就是一個圓柱體，經過上下面圓心連起來直線的橫截面，也就是從它的圓心點切開所獲得的橫截面。」

陸星延煞有其事回了句，「切開哪有什麼橫截面，裡面都空了一大半了，牛奶都被妳潑到我身上了，非要說面，那也是一個U型的面吧。」

「……你把它想像成實心的。」

「你難道連這點空間想像力都沒有嗎？你三百多分怎麼考來的？」

沈星若的耐心即將宣布告罄。

陸星延覺得他再抬槓兩句，沈星若就會拎起書將他暴打一頓了。

他及時剎車，「行行行，妳別罵了，我都被妳罵得腦子不清楚了。」

「你腦子本來就不清楚。」

陸星延懶得跟她計較，舉手投降，「那我先自己做，不懂的再問妳好吧？」

沈星若扔下試題，太陽穴跳得厲害。

安靜了幾分鐘，見陸星延真的在好好寫題，她交代：「你先寫，我下去送一下牛奶的杯子。」

牛奶都已經喝完了。

陸星延「嗯」了聲，「幫我帶一片吐司上來，有點餓了。」

沈星若：「你還是別吃了。」

陸星延望她，「為什麼？」

「饑餓能使人保持清醒。」

沈星若說完就拿起杯子，離開了房間。

陸星延看著她的背影，舔了舔後槽牙，一時不知該氣還是該笑。

沈星若再上來的時候端了盤烤雞翅。

剛烤出來，香得很，聞味道應該是奧爾良口味的。

陸星延正餓得不行，回頭看了一眼，趕忙放下筆，「周姨烤的？我正好餓了，妳走個路拖拖拉拉的，快點。」

沈星若沒理他。

走到書桌前，她也沒將雞翅放下，而是問：「你寫到哪一題了？」

「十八。」

「我看看。」

她騰出一隻手拿陸星延寫的題目。

嗯，也不是那麼不堪入目，好歹是有在認真算的。

她也就沒計較，將雞翅放下來，又遞給他一雙筷子。

「用筷子怎麼吃，那籃子裡好像有外賣送的一次性手套，妳找一下。」

他指了指沈星若手邊的置物籃。

沈星若依言翻了翻。

一次性手套沒看到，她倒是看到了幾片，正方形的，藍色和紅色包裝的……反應過來這是什麼後，她忽然覺得燙手。

陸星延：「就是妳手裡的，給我。」

沈星若拿起來就往他臉上一扔。

「……」毫無防備被甩了一臉，陸星延愣了愣，「妳神經病啊幹什麼？」

他撿起落在腿上的幾個一次性塑膠手套，看了看包裝，反應過來，連忙解釋，「這是塑膠手套，這不是保險套。」

見沈星若轉身就想走，他拉了一把沈星若的手腕，然後親手拆了一個給她看。

「真的是塑膠手套，妳怎麼把我想得那麼齷齪，是現在這些店奇奇怪怪的，他們故意做成這種樣子吸引眼球。我熱愛讀書天天向上態度端正，我還是處男呢我怎麼會用這個？」

「處男」兩個字在耳邊炸開，房間內忽然陷入一片死寂。

沈星若忍不住按著他的臉把他往後推了一把，「閉嘴。」

沈星若沒有再在陸星延的房間多待，只交代一句讓他自己寫完試卷，就冷酷無情地宣告了今晚補習結束，連雞翅都沒有吃。

陸星延靠在椅背上，揉了一把頭髮，然後掏出手機，找到那單送了塑膠手套的外賣，給了個差評。

他還義正言辭罵店家了一頓，說人家滿腦子黃色廢料不正經做生意老想著博人眼球這樣做下去遲早倒閉之類的。

這晚陸星延睡得很早。

心裡還想會不會做什麼好夢，結果一覺睡到早上九點，什麼都沒夢到。

倒是沈星若昨晚回房間後，想著陸星延這約等於零的基礎不能一上來就補太高難度的東西，於是翻出了自己高一的筆記本，刪刪改改到凌晨三點才睡。

她是喜歡睡懶覺的人，只是在陸家的時候覺得應該表現得懂禮貌一些，所以總是起很早。

可在陸家待久了，她那些拘束也漸漸淡了不少。

一覺睡到十二點還沒起來。

快吃午飯了，裴月覺得納悶，「你都醒了，若若怎麼還沒醒，她平時不是起得很早嗎？」

「我怎麼知道，可能做夢了吧。」

過來人陸星延隨口應了句。

裴月抬了抬下巴，朝他示意，「你去樓上，叫若若起來吃飯。」

陸星延隨意「嗯」了一聲，打完一局遊戲，然後扔下遊戲機起身上樓。

站在沈星若的門口，陸星延敲了幾下門，又喊她名字。

——沒動靜。

他隨手擰了下門把，忽然發現沈星若沒鎖門。

陸星延咳兩聲，又提高聲音喊：「沈星若、沈星若？妳再不出聲，我進來了啊。」

——還是沒聲音。

於是陸星延心安理得地進去了。

沈星若還縮在被子裡睡覺，對著床裡面側臥著，穿著無袖睡裙。

陸星延站在床邊，別開眼，又喊她兩聲。

沈星若翻了個邊，眉心微蹙。

她晚上睡覺沒綁頭髮，從側臥的另一邊翻過來，臉上有很多碎髮，嘴唇是偏淡的淺粉色，睫毛很長，像小扇子一樣，有一點點往上翹。

陸星延看了一會兒，然後傾身湊近打量，還伸手刮了一下她的睫毛。

沈星若好像有點感覺，眉頭又皺了皺，嘴裡還咕噥了句什麼。

陸星延下意識地就沒出聲，幫她把臉上頭髮撥開，挽到耳後。

這樣看，可真是比她平日三句裡要明諷暗諷五六次的模樣要可愛多了。

沈星若很不喜歡有人碰她，有人碰她她就會動，陸星延幫她弄頭髮，她又忍不住翻身，左邊翻翻右邊翻翻，位置沒動，可半邊肩帶落下來了。

陸星延見狀，呼吸稍頓。

手腳都不知道該往哪放。

他覺得這樣是挺不好的，還在想是不是要幫她拉一拉衣帶。

正當他半彎著腰，猶豫要不要伸手的時候，沈星若的眼睫顫了顫，忽然睜開了眼。

——兩人猝不及防地四目相對。

安靜三秒，沈星若問：「處男，你在我房間幹什麼？」

沈星若也不知道怎麼回事，昨晚做夢竟然夢到了陸星延。

夢裡他張口閉口就要捍衛自己處男的尊嚴，說得慷慨激昂義憤填膺，就差沒在額前綁個「處男必勝」的頭帶去街上遊行了。

沈星若被洗了腦，一醒來看到他，「處男」兩個字就自然而然地脫口而出。

兩人安靜對視著。

空氣同樣靜默。

今天天氣很好，陽光穿過屋外樹木，透過落地玻璃窗投射進來，成了一道道光束。

那光束落在他的面龐，分割出明暗光影，細小絨毛被照得透明。灑在他頭頂，成了一團暖洋洋的金色。

沈星若忽然伸手，揉了揉他的頭髮。

她的肩帶本就落下，這一伸手，倒是把吊帶抬回去了些，只不過又露出了半臂雪白的肌膚。

陸星延被晃得眼花，心跳也在不爭氣地瘋狂加速。

等沈星若摸夠了收回手，他才如夢初醒般站直身體，手握起來掩著唇咳了兩聲，目光四處亂飄，不甚連貫地說：「都十二點了，叫妳半天都沒反應，起來吃飯。」

「知道了。」

沈星若作勢起身，還沒清醒，聲音裡有點睏意。

陸星延不敢看她，但又不走，沒話找話說：「妳睡覺怎麼都不鎖門，有沒有作為女生的自覺，還有妳睡覺怎麼只穿這麼一點，妳這樣在外面很危險的。」

沈星若從床上坐起來，靠在床頭打了個呵欠。

忽然她好像發現了什麼有趣的事，偏著頭問：「陸星延、陸星延？你是不是害羞了？」

「妳胡說八道什麼。」

陸星延瞥她一眼，又匆匆轉開。

「你真的害羞了。」

「你在害羞什麼，你沒有見過女生穿細肩帶嗎？」

「處男就是純情。」

沈星若自問自答下完結論，然後掀開被子，準備從床上起來。

「沈星若我警告妳不要胡說八道，妳剛起床腦子不清醒我就不跟妳計較了，連小萌新都不是裝什麼老司機。」

提到敏感話題，陸星延表現得有點激動。

沈星若覺得他特別像一隻據理力爭的跳跳雞，不順他的意可能會啄上來。

緊接著她又想起夢裡陸星延高舉處男旗幟洗腦她的場景。

她讓步了，邊穿鞋邊敷衍了句，「嗯，大家都沒經驗，就不要互相嘲諷互相傷害了。」

「誰說我沒經驗？」

沈星若抬眼望他。

「我……我理論知識還是很豐富的。」

他心裡補了句：夢裡也實踐得不錯。

沈星若又垂了眼，嗯嗯啊啊敷衍兩聲，然後就進浴室洗漱了。

週日是返校的日子。

吃完午飯，沈星若和陸星延各自回房收拾行李，出發回學校了。

平時兩人都要拖到傍晚才走，今天走這麼早，是因為還要去星河灣社區看房子。

星河灣是個中高檔社區，地處市中心，還是明禮中學的學區房，社區內環境清幽，基礎設施完備，離明禮的東門很近，走路過去大概就七、八分鐘，高三在這邊住會很方便。

陸山留的這間房子是地中海風格的裝潢，明亮寬敞，採光很好，從主陽臺往外望，還可以看到明禮校園。只是一直空著，屋裡灰塵有些厚。

兩人看完都很滿意。

離開的時候，陸星延還玩笑般說：「我看妳早點搬進來算了，前兩天妳還在辦公室跟妳那個室友吵了一架，小心人家下毒什麼的。」

沈星若按下電梯G層，瞥他一眼，沒說話。

李聽那個膽子很大機率是不敢下毒的，但同住一個寢室，有人看妳不順眼，要使點絆子確實很容易。

沈星若心裡有數，對陸星延卻雲淡風輕道：「我回去就跟她說，陸星延是我鄰座，妳找我麻煩，就是找陸星延麻煩，到時候陸星延就會來揍妳，看妳還敢不敢。」

「……你把我當打手？」

沈星若上下打量他，說：「你的提款機模式比打手模式使用頻率要高一點。」

陸星延聽出這話的意思了，「又沒錢了？」

他拿出手機，打開手機軟體，頭都沒抬就問：「多少？」

「最後五百，我有一筆定期理財要到期了，拿出來就還給你。」

陸星延轉了八百過去。

轉帳成功，他拿著手機在沈星若面前晃了晃，「妳自己看看，除了轉帳還是轉帳，都是赤裸裸的金錢交易。」

「不，這叫救濟。」

「有什麼區別？」

沈星若沒說話，拿出手機傳了一張「投幣聊天，二十塊一分鐘」的梗圖給陸星延。

陸星延樂了，轉了二十給她。

她彎著唇角，很有禮貌地問：「陸老闆，想聊點什麼？」

陸星延：「……」

沈星若收起笑容，解說道：「這才叫金錢交易。」

「……」

「這叫詐騙吧。」

兩人有一搭沒一搭地從星河灣往學校的方向走，路上沈星若還請他喝了一杯草莓牛奶，草莓牛奶八塊，她自己喝的紅茶拿鐵十二，加起來剛好二十。

陸星延在分道揚鑣單獨回寢室的路上，還邊喝飲料邊想，沈星若是窮了點，嘴巴毒了點，但人還是挺大方的，時不時就請他喝個手搖飲料，雖然他永遠都只配喝八塊的。

回宿舍時李乘帆他們都在。

見他拿著一杯粉色的飲料往房間裡走，李乘帆打著遊戲的空隙還抬頭望他，調侃道：「延哥，你最近真的又娘又騷，隔三差五喝手搖飲料，還喝這麼少女的。」

陸星延故作無所謂說：「剛剛碰上沈星若了，她請的，硬要我喝。」

「你又裝，還硬要你喝，笑死我了，打死我都不信沈星若會強迫你喝飲料！」

邊賀推推眼鏡，也弱弱補充道：「我也這麼覺得。」

趙朗銘看穿了他的本質，「你們別說了，都沒聽出他是在炫耀嗎？」

他起身搶陸星延飲料，「給我也試一下，看看能不能沾點沈星若的仙氣……我靠！」

他話音未落，就被陸星延踹了一腳，「你少給我趁機占便宜，八塊錢一杯自己下去買。」

陸星延他們寢室氣氛歡樂，沈星若她們寢卻顯得有些過分安靜。

石沁還沒從家裡過來，沈星若回寢的時候，只有翟嘉靜和李聽在。

她和翟嘉靜打了聲招呼，沒理李聽。

李聽也沒理她。

但李聽也沒作什麼事情。

沈星若檢查了一下自己放在寢室的東西，一切正常。

晚上沈星若要曬毛巾，可曬衣的地方已經沒有空隙，她摸了摸，發現李聽的幾件衣服早就乾了，她回頭問：「李聽，妳的衣服乾了，能收一下嗎？」

本來以為李聽要擺個什麼臭臉，或者當沒聽到就是不收，可沒想到她放下手機，默不作聲收了衣服。

接下去的一週也都是這樣，兩人互相都不怎麼理對方，但誰也沒為難誰。

沈星若覺得這樣的狀態很好，並且希望可以一直保持。

石沁比較心大，沈星若和李聽關係本就一般，現在這樣她也覺得正常。

翟嘉靜心細一點，沒過兩天就發現了不對勁。

週三中午陸星延他們和別班男生有籃球賽，陸星延用一週的飲料拐騙沈星若去看比賽，說是年級第一幫他們加油比較有面子。

沈星若順便帶上了石沁和阮雯。

翟嘉靜要洗衣服，沒和她們一起過去。

沈星若和石沁都不在寢室，翟嘉靜在接水洗衣服，見李聽準備睡覺，隨口問了句，「聽聽，妳和星若最近怎麼了，感覺妳們都沒怎麼說話。」

不提沈星若還好，提起沈星若，李聽就一肚子氣，她兀自蓋好被子，嗤了句，「誰要和她說話！」

翟嘉靜正往桶裡放洗衣粉，聽到這話，動作稍頓，「妳們吵架了嗎？」

「不是。」

李聽本來不想多說，想起來都覺得丟臉。

可這事她憋了大半週，實在是憋不住了，在床上翻來覆去換了換邊，她忽然又從床上坐起來，把那天家長會發生的事情跟翟嘉靜說了一遍。

當然，她的說辭都是避重就輕，只說自己和孟鋒隨便討論了一下，沈星若就小題大做，還讓陸星延幫忙出頭。

翟嘉靜聽了，若有所思。

「這樣……那是稍微有點……」她止了話頭，又安慰李聽，「大家都是同一個寢室的，妳別計較啦，星若她可能是誤會了。」

「我哪敢和她計較，還有陸星延幫她撐腰呢！再說了妳沒看家長會那天她媽那樣子，能是普通人家嗎，我這種小老百姓可惹不起！」

「妳別這樣說，星若總不會無緣無故也沒證據就拿妳怎麼樣。」

翟嘉靜說到這，還想起件事，「說起來，二班那個楊芳真是……其實東門那裡是個死角，連監視器都沒有，她當時如果咬死不承認，星若也拿不出什麼證據讓她退學吧。」

「不過好在她膽子不大，一下子就承認，不然星若可就吃悶虧了，說不定還要被學校反過來處分。」

李聽窩在被子裡，聽翟嘉靜這麼說，覺得有幾分道理。

心想：如果是她，她就咬死了自己沒有找人，那沈星若也不能拿她怎樣。

如果是她……

李聽心裡咯噔一下，將被子拉起來一點，沒再說話。

家長會過後的這一週還算輕鬆，平平淡淡的，也沒發生什麼大事。

唯一值得一提的是，數學老師梁棟爬樓梯的時候踏空兩階，扭傷了腳，走不了路。

他請了一週假，這週的數學課由二班的班主任曾桂玉代上。

沈星若上次在辦公室頂撞過曾桂玉，再加上兩次她都壓了二班拿了年級第一，曾桂玉對她自然喜歡不起來。

但沈星若上課認真從不偷聊天，叫她回答問題她也能對答如流，作業更是寫得工整漂亮。

——半點毛病都挑不出來。

週三下午有兩節連堂的數學課，下課後，曾桂玉發了幾張試卷當作業，還著重說了明天要檢查，上課要講。

功課量這麼大，班上同學都叫苦不迭。

沈星若寫得快，晚自習第一節就寫完了，下課期間，還幫幾個同學解答了其中兩道比較難的題目。

第二節晚自習，她邊寫其他作業，邊督促陸星延寫數學試卷。

陸星延寫個題目也是三分鐘打漁兩分鐘曬網的，拖拖拉拉，沈星若時不時拿筆戳他催一催，他才趕在晚自習結束前，勉勉強強寫完。

鐘聲響的時候，他揉了一把沈星若的頭髮，「沈老師，我寫完了，妳幫我看看。」

沈星若拍開他的手，又接過試卷，往英語書裡一夾，「我帶回去看。」

陸星延「嗯」了聲，「對了，妳明天想吃什麼。」

沈星若看他一眼。

陸星延補充：「我說早餐，妳幫我看試卷，我帶個早餐給妳，算是謝師了。」

「噢，那就優酪乳和糯米雞吧。」

陸星延：「小姐姐，說雞不說吧，文明你我他，知不知道？妳怎麼這麼粗俗。」

「……」

沈星若瞥他一眼，起身收書，順便扔下「神經病」三個字，聲音很淡。

陸星延沒反駁，唇角往上挑，半靠著牆，手裡轉筆，目光一路追隨著她，就那麼目送她和室友離開教室。

李乘帆自從上次晚自習的時候聽了趙朗銘那大膽的猜測，就對陸星延和沈星若更留心了些。前幾天陸星延把一杯草莓牛奶誇得天上有地下無和瓊脂玉露沒什麼區別，這時又看著沈星若的背影笑得一臉蕩漾。

李乘帆覺得應該是真的了。

他搭著書包肩帶，又拍拍陸星延肩膀，「延哥，別笑了，你女神走了。」

陸星延抬眼睇他，還真的一秒收笑。

李乘帆又忍不住問：「欸延哥，你是不是有什麼抖M傾向什麼的……你怎麼會喜歡沈星若？」

「你放什麼狗屁，誰說我喜歡她，你給我滾遠一點。」

「還說不是，沈星若罵你你還笑，我只說一句你又是問候我媽又是狗屁的……」

陸星延冷眼睇他，「你再嘮嘮叨叨，我還能問候你祖宗十八代。」

回到寢室，沈星若洗漱完就幫陸星延看試卷。

她找了找，發現自己的試卷忘了帶回來。

好在剛做過一遍，印象還比較深刻，她看出錯誤就直接用鉛筆在旁邊寫了解題步驟。

曾桂玉講課和個油炸小辣椒似的，劈哩啪啦劈哩啪啦，沒有梁棟一半仔細，阮雯這兩天都和她說了好幾次，說曾桂玉的講課方式太難適應了。

班上很多同學都跟不上，那以陸星延的理解能力，大概曾桂玉講到第十題他還在想第一題。

幫陸星延改完試卷，剛好熄燈。

沈星若收拾好書包，活動活動脖頸，就直接上床睡覺了。

許是入夏，這一週天都晴朗，週四更是個大晴天。

沈星若睡到壓線到校，陽光暖洋洋的，於是她早自習又豎著書，悄悄地瞇了半個小時。

到了數學課，沈星若才有精神一些。

曾桂玉讓大家把試卷都拿出來擺在桌上，她要到座位檢查。

沈星若把自己的試卷塞給陸星延，又從書包裡翻找他的試卷。

她昨晚只帶了英語書回寢室。

她記得很清楚，陸星延的試卷寫完，她原路夾回英語書，然後放進了書包。

因為剛好熄燈，她特地開了手機的手電筒，所以記得很清楚。

可這時陸星延的試卷不見了。

他們這一週剛好換到第一大組的第三排。

曾桂玉很快就檢查到了他們桌。

曾桂玉掃了一眼陸星延的試卷，又審視著沈星若，問：「沈星若，妳的試卷呢？」

——不見了。

沈星若心底已經隱隱有了猜測，目光掃到李聽那的時候，李聽正一副看好戲的表情。

對上她冷漠的視線，李聽一時沒收得住，瞬間慌了神。

就在這時，陸星延將試卷往沈星若桌上一推，「老師，這是沈星若的，我沒寫。」

第十六章　再看我就親你了

曾桂玉順著陸星延的話音望過去，然後拿起桌上的試卷看了看。

——字跡工整清秀，確實比較像女孩子的字。

即便不是沈星若的，那也不是陸星延這混世魔王能寫出來的。

陸星延的字她太有印象了，這還只是數學，醜就醜，勉勉強強總能看清數字。

也不知道其他科老師是怎麼熬過來的。

她瞥了一眼陸星延，目光又落回沈星若身上，問：「到底怎麼回事？」

見陸星延想說話，曾桂玉又肅聲堵上一句，「我沒問你，我在問沈星若！」

沈星若本來已經想到了讓曾桂玉沒辦法找麻煩的說辭。

被陸星延這麼橫插一槓，自以為英雄救美地大包大攬一番，她腦袋空白了兩秒，一時也沒想出更好的說法，不得不據實交代道：「曾老師，不是這樣的，陸星延寫了試卷。」

「昨晚陸星延寫完試卷，想讓我幫他看一下，當時剛好晚自習下課，我就把他的試卷帶回了寢室。」

「我自己的早就寫完了，就是這張。」她望了一眼曾桂玉手裡的試卷，「然後我昨晚幫陸星延看完試卷，原路夾回了英語書。但不知道為什麼，今天過來，試卷不見了。」

怕曾桂玉誤會沈星若和陸星延其中有一個沒寫試卷，何思越也突然幫腔道：「曾老師，昨晚我還和沈星若討論過最後一題，當時她的確寫完了。而且陸星延也是在寫數學試卷的。」

何思越都說話了，昨晚問過沈星若問題的幾個同學也在底下「是啊是啊」，幫沈星若作證。

曾桂玉在教室內環視一圈，複而看向沈星若，語氣平靜，「所以妳寫了試卷，陸星延也寫了試卷，只是妳把陸星延的試卷帶回寢室，弄丟了——是這麼回事吧。」

沒等沈星若作出反應，曾桂玉的聲音忽然高了八個度，訓斥道：「妳是老師嗎？妳幫他看？我今天是不是說過要講這張試卷？妳是覺得自己比我講得好還是怎麼回事？考了兩次數學滿分就覺得自己能教人了，不用老師來教了是吧，妳這麼厲害怎麼也沒見妳去理組！」

曾桂玉覺得自己的教學地位被挑戰了，以迅雷不及掩耳之勢突然發作瘋狂罵了沈星若一通。

Diss 完好一會兒，一班同學還都挺傻眼的。

她一個教數學的還挺能扯大旗啊。

曾桂玉大概是覺得不盡興，圍繞這事又發表了一番高見，總之就好像沒什麼道理但也被她說得挺像那麼回事的。

教室內死寂了好一陣子，她的斥責迴盪在空曠的教室內，還留有餘音。

小雞仔全體噤聲，不敢說話，只能用同情的目光悄悄看向沈星若。

沈星若突然被訓了一頓，也不知道是沒反應過來還是怎麼的，神色並沒有很難看。

等曾桂玉盡完興，沒話說了，沈星若忽然站了起來。

她站得很直，面向曾桂玉，說：「曾老師，您也許是一位非常優秀的數學老師，但陸星延同學基礎比較差，跟不上您的講課速度，作為他的同學，我幫他看看試卷，我不知道這有什麼問題。說給校長聽，校長大概也只會覺得我樂於助人而不是好為人師。」

「再者，文理平等，本來就沒有高低之分，我選文組只能說是我個人的選擇，並不代表我理科不好。在座學文的同學沒有比學理的同學差，同理，您作為文組數學老師，也沒有比理組數學老師差，不是嗎？」

她的聲音偏清冷，像含了冰片，迴盪在教室裡，存在感極強。

過了幾秒，一班同學才反應過來——

哇喔！沈星若嗆了曾桂玉！

大家都驚呆了，安靜片刻，再也忍不住，窸窸窣窣低聲討論起來。

曾桂玉教書這麼多年，敢嗆老師的學生不是沒見過，可敢嗆老師的模範生，這還真的是第一次見。

她不是王有福那種教社會科的，大道理一籮筐，愣了好一會兒，硬是沒憋出半句話。

就在這時，陸星延還十分配合地發出了三連擊，「曾老師，我是真的聽不懂您講的題目。」

「您知道吧，梁老師講題目就是那種很仔細的，一個步驟能講三遍，還時不時舉舉板栗，不是，舉舉例子。我不是說您講得不好啊，是我不好，我跟不上。」

一班同學忍了大半天了，聽到陸星延說「跟不上」這個問題，也開始附和著說：

「對啊，曾老師，您講得太快了。」

「我也跟不上。」

「對，曾老師您能不能不要跳題講，有些題目我們是真的不會……」

一時間，一班教室如小雞仔養殖場，小雞仔們嘰嘰喳喳，紛紛抱怨曾桂玉這個代班投食者給他們投劣質雞食。

曾桂玉眉心突突起跳，臉色沉得能往下滴黑水。

她一言不發走回講臺，拿著大三角板重重地拍了幾下黑板。

「嘭嘭嘭！」

「你們還有完沒完！吵什麼吵！」

臺下稍稍安靜。

曾桂玉：「你們班是怎麼回事？這都是什麼態度！你們以為我願意分出精力來代課嗎？沒有聽懂就當場問！當場不敢問那下課問！實在不行就問知道的同學！」

那妳還罵沈星若？

曾桂玉說完，好像也意識到了這話和之前自己說的有些自相矛盾，想要改口又來不及。

臺下已經有同學憋得破功，低聲發笑。

那笑聲還在漸漸擴大。

曾桂玉臉上掛不住，扔下三角板開始賭氣，「既然你們覺得我教得不好，那你們就去找有本事的教！我從來就沒見過你們這麼差的學生！」

說完，她氣沖沖地離開了教室。

曾桂玉離開，班上一時譁然。

何思越適時站起來穩住班上同學，「大家安靜，先自習一下，我去找王老師。」

何思越反應還算快，可他趕到王有福辦公室時，曾桂玉已經開啟了告狀精模式，對著王有福把一班同學批得體無完膚。

陸星延、沈星若還有他何思越，都被單獨拎出來說了一遍。

——他被 Diss 的理由是，他幫沈星若和陸星延說的那句話算是中途插話，身為班長竟然不尊重老師。

陸星延可能是罵了也白費力氣，曾桂玉沒怎麼說，炮轟火力主要還是集中在沈星若身上。

「……沈星若那小姑娘可不得了啊，一整個班的同學都幫著她說話，我又沒把她怎麼了，我就說兩句還被她嗆了一頓，你們班同學還一副我犯了死罪的態度！」

「不是我說你們班怎麼回事啊王有福！這一個個在我們那時候都要被抓去打的！」

「她沈星若左一句文理平等右一句個人選擇的，我都被她說傻了！她那麼能怎麼沒見她考個狀元呢！」

王有福坐在辦公桌前，雙手捧著保溫杯，時不時啜一小口。

聽曾桂玉發完脾氣，他悠悠地來了句，「這不還沒升學考嗎，說不定還真的考了省狀元，妳氣什麼，妳不是也挺厲害的，還一直教文組班，也沒見妳當個年級組長。」

「王有福你是存心想跟我吵架是吧！」

「我跟妳有什麼好吵的，桂玉啊，妳冷靜點。」王有福揭開保溫杯，將杯口往曾桂玉那斜了斜，「金銀花茶，妳要不要泡一杯？清熱敗火最好不過了，這菊花還是我前幾年帶的一個學生寄來給我的，這正宗的……」

「王有福！」

「行行行妳別嚷嚷，我年紀大了等一下被妳嚷出個好歹。」王有福伸手，做停止狀，「我去叫那個沈星若、陸星延，還有何思越，來問問情況。」

王有福嘴裡這麼說著，行動還是遲緩悠閒。

他蓋好保溫杯，然後扶著桌子起身，還「哎喲」一聲，嘴裡碎碎念著「這位子陽光真好一點都不想動」什麼的。

曾桂玉看他這戲精模樣差點沒當場昏厥過去。

何思越在門口忍了忍笑，又恢復正經狀，清嗓敲門，「王老師。」

王有福一見他，可好。

「正好找你呢，何思越，你去班上把那個陸星延和沈星若叫過來，我問問情況，怎麼回事，把曾老師氣成這樣。」

何思越點頭，「好的。」

何思越去找王有福的時候，一班同學並未安靜下來。

大家說得起勁，有人在八卦曾桂玉以前的事，還有人猜曾桂玉肯定去找王有福告狀了。

身為事件焦點的沈星若和陸星延兩人倒是不緊張。

沈星若在曾桂玉走後就坐下了，打開一瓶牛奶吸著。

陸星延則是從頭到尾都沒站起來過。

見沈星若一直不說話，陸星延拿筆敲她腦袋，「怎麼，生氣了？」

「……」

她是挺生氣的，但暫時還不能怎樣。

因為王有福等一下應該會來叫人去辦公室，所以她才要喝點牛奶壓壓情緒。

陸星延又說：「妳是不是傻，跟她解釋什麼，就說是我沒寫，那她也不能拿我怎樣。」

「……你閉嘴吧。」

陸星延以為她是臉皮薄，被罵了情緒還有點恢復不過來。

於是又拍了拍她的腦袋，「行了，多大一點事，等一下王有福要來找人問話，妳也別倔強，少說兩句，我來說就行了，好吧？妳最後就敷衍聲對不起什麼的……」

「我為什麼要說對不起，」沈星若打斷他，「國家就是因為有你這種平時口號喊得響亮關鍵時刻就沒膽的人拖後腿，所以才會一直走在發展中的路上。」

「不是，妳的孔雀頭顱還挺高貴，低一下怎麼了……」

「就是高貴。」

兩人沒說幾句，何思越就回來了。

他在門口叫兩人一起去辦公室。

王有福當然也不會把他們怎麼樣，問了一下事情經過，又象徵性地唸了兩句，然後罰抄幾遍課文就放人回去了。

曾桂玉一直冷眼在辦公室瞧著。

聽到王有福說「不管怎樣，頂撞老師就是不對的」，她還以為王有福剛開了個頭。

沒想到他下面就來了句「好了，你們回去吧，每人抄三遍課文。」

等人走了她才回神，「王有福，這就完了？」

「不是都唸過了，妳還想怎樣，我聽了也沒做錯什麼，還不是要維護妳作為老師的尊嚴，我才叫他們罰寫嗎？」

曾桂玉：「不是，我數學課的事為什麼抄你的社會課文？」

王有福：「不然呢，抄數學公式？那感情好，數學公式字數少多了。」

沒等曾桂玉說話他又補充，「不是我說，桂玉啊，妳也四十多的人了，別成天和鬥雞似的，跟這些小孩置什麼氣。」

「多大點事，兩人都寫了試卷，只不過是有一張不見了，妳瞧瞧妳搞得這麼興師動眾的。」

「欸妳是不是因為沈星若考了兩次年級第一，還有上次妳維護妳班上那小姑娘被沈星若頂撞了，心裡一直過不去啊。」

「妳說說妳都多少歲的人了，還是老師呢，出了年級第一不就是兩千塊獎金嘛，大不了下次沈星若考第一，我請妳吃個飯。」

曾桂玉覺得再在他辦公室留下去遲早會氣絕身亡，擺了擺手，不跟他說了，作勢往外走。

但王有福說起來就停不下那張嘴，她走到門口還聽王有福在說，「我們做老師的，那最重要的是什麼，最重要的就是大氣……」

她現在是有鑾大的氣。

從王有福的辦公室出來，沈星若走在中間，陸星延和何思越走在兩邊，都以各自的方式安慰著她。

何思越安慰完還說：「罰寫妳沒空寫的話，我幫妳吧。」

陸星延笑了聲，一眼掃過去，聲音漫不經心，「班長這麼好心，不然幫我也抄抄？」

「你的字王老師應該能認出來的。」

何思越滴水不漏。

沈星若被他們兩人吵得煩，按了一下太陽穴，加快腳步，「行了，你們兩個都別抄。」

走到教室門口，她還回頭警告了聲，「誰都不準抄。」

陸星延被沈星若虐了這麼久，也算對她有些瞭解，他感覺這事還沒結束。

上午沈星若沒再做什麼。

只不過到了午休時她走得很快。

李聽一直注意著沈星若的動向。

她忐忑了一整個上午，中午也沒胃口，隨便吃了點就回寢室了。

好巧不巧，她回寢室時，沈星若正從寢室出來。

沈星若什麼都沒說，只冷冷地瞥她一眼，然後就下了樓梯。

可李聽莫名覺得心安了些。

——沈星若很有可能知道是她做的，但就像翟嘉靜說的，沒有證據，她也不能拿她怎樣。

午休的兩個小時，沈星若沒再回寢室。

李聽想起今天沈星若被罵的樣子就覺得很爽，連睡覺都做了個好夢。

下午她和翟嘉靜、石沁一起去學校。

石沁還在擔心，沈星若沒回來睡午覺是因為今天被罵了心情不好。

李聽冷嘲熱諷道：「她也是挺囂張，明明就是自己做錯了事還一副自己很有道理的樣子……」

她一路說進教室，下意識往沈星若座位瞥一眼，發現沈星若在，她才默默閉嘴。

沈星若見人來了，輕輕拍了一下何思越，跟他借了一本作業本。然後又拿筆戳了戳陸星延，跟他借了一本筆記本。

陸星延在睡覺，隨手將書包拎給了她，「要什麼自己拿。」

「……」

「一天能睡十八個小時你和豬有什麼區別。」

陸星延沒聽清她說什麼，換了邊繼續睡。

沈星若也懶得說他，找到空白的作業本就起身了。

這時李聽剛坐下，準備跟前座的孟鋒說笑。

忽然沈星若走到她座位前，將三個作業本摔到她桌上，神色冷淡命令道：「十二遍公民課文，一個字都不準少，給我抄。」

李聽傻了。

已經到班上的同學發現動靜，也都望了過去。

石沁坐在李聽旁邊，見沈星若這樣，第一個反應就是——「李聽妳又幹了什麼？」

李聽腦袋一片空白，大概知道沈星若是為了試卷的事情過來的。

可她要命地發現，腦海中幻想過的「氣勢洶洶占據道德制高點嗆回去」的能力並不存在。

鼓起勇氣醞釀半晌，她問：「證……證據呢？」

石沁：「……」

一班小雞仔也滿頭問號。

印象中沈星若剛剛過來摔本子，是讓她抄十二遍課文罰寫。

正常情況難道不是問「妳幹什麼」、「妳神經病啊」這一類的嗎？

李聽滿腦子都在幻想嗆她證據的事情，脫口而出完，才發現自己回答得牛頭不對馬嘴。

於是又趕緊裝傻彌補，「沈星若，妳……妳幹什麼？」

沈星若聲音平靜，「看來妳是很想要我當著班上同學面前幫妳回憶一遍。」

她繼續說：「妳問證據，今天中午我去宿舍保衛室查了監視錄影，早上七點十分妳出了寢室，特地繞到男宿舍後面沒什麼人地方撕了我的試卷。」

「哦不對，妳撕的是陸星延的試卷。」

「李聽，想做壞事妳也多轉轉腦子，宿舍和學校裡面多的是監視器死角，妳竟然一路沿著監視器鏡頭繞到男宿舍後面，還找了個沒什麼人用的垃圾桶撕試卷，是生怕垃圾清理得太快，我會找不到證據嗎？」

她從摔下的那三個作業本裡拿出自己的練習本，然後將夾在其中的試卷碎片拿出來，從李聽腦袋上灑下去。

「沈星若妳幹什麼！你瘋了！」

李聽捂著鼻子往後退，放聲尖叫。

「我今天因為妳去翻垃圾桶，沒往妳身上罩一個垃圾桶，讓妳感同身受一下，已經是看在妳是個女生的分上手下留情了。」

沈星若重新將拿起來的本子摔回桌面，「現在就給我抄，我的、陸星延的、何思越的，每個本子抄三遍，妳再自己找個本子抄三遍，然後拿去王老師辦公室解釋。」

李聽臉色發白，半天都說不出一個字。

翟嘉靜在遠處看。

看到這，心裡已對結果了然。

她攥緊手心，複而鬆開，低著頭抽出本書翻來翻去，一副事不關己的樣子。

班上其他同學因這場好戲，集體陷入愣怔。

李乘帆本來戴著耳機打遊戲，聽到女生吵架，他摘下一邊耳機望過去也看傻了。

直到耳機裡傳來一聲「Defeat」，他才回神，喃喃一句，「我靠，沈星若太帥了吧……」

大家陸陸續續回過神來，前後聯繫起來，慢慢理清了頭緒——

所以，今天上午試卷的事，是李聽偷了沈星若……啊不，偷了陸星延的試卷，然後她誤以為是沈星若的，撕掉了。

有人小聲問：「李聽瘋了吧，她幹嘛這樣。」

「這還用說，肯定是嫉妒沈星若啊，和沈星若同一個寢室，沈星若處處比她強，你自己感受一下。」

陸星延早就被沈風紀股長的訓話喊清醒了。

剛醒的時候，其實他還有點迷糊，下意識以為沈星若在罵他。

現在他有一搭沒一搭嚼著口香糖，靠在座位裡遠遠欣賞白孔雀課堂開課，覺得非常有意思。

對比李聽這堂課，他忽然發現，沈老師對他這位終生制的ＶＩＰ學員，其實還挺客氣的。

班上因為沈星若的突然發作一時議論紛紛。

還沒到上課時間，有其他同學路過他們班，也在門口看熱鬧。

李聽被人指指點點著，從沒覺得這麼恥辱過。

她臉色白了一陣，又變紅，心裡慌得不行，抽抽了兩下，就很想哭。

見她又要哭著賣慘，陸星延從筆袋裡隨手抽了一枝筆扔過去。

他沒往李聽身上扔，看準了扔在她桌上，然後懶洋洋說了句，「撕我試卷，妳很有種啊。」

這下子，李聽連哭都不敢了。

直到沈星若走開，李聽腦子裡還和一團漿糊似的，搞不懂為什麼實際應對起來，和自己想像中完全不一樣。

不過她知道，這絕對不僅僅是因為害怕陸星延。

畢竟沈星若來的時候，她的情緒就已經崩潰了。

她是真的有點理解二班那個楊芳為什麼會那麼怕了。

——沈星若戰鬥力爆表，簡直就不是女的。

李聽有兩個一起碎嘴的要好小姐妹，她們來教室比較晚，不知道發生了什麼事。

見李聽無聲地哭著，哭到眼睛都腫了，還死活不肯說話，她們只好去問孟鋒。

可今天的事，勾起了孟鋒家長會那天被雙星組合支配的恐懼。

他神色勉強，也沒興趣八卦，就簡單說：「她得罪了沈星若，好像是試卷的事。」

小姐妹一聽，看了沈星若一眼。

當然，她們是不敢去找沈星若麻煩的。

但她們可以去告訴陳竹。

李聽經常說自己跟陳竹她們玩得很好，那李聽被欺負了，陳竹應該會幫她出頭吧。

這麼一想，兩個女生出發去三班找陳竹了。

陳竹最近看上了理組班一個男生，聽說有人找，還以為是情敵上門了。

指甲油小刷子都沒放下，邊刷著邊往後門走。

見是兩個眼生的女生，她漫不經心地問：「什麼事？」

「陳……陳竹。」

一個女生喊了一聲，又有點說不出口，於是推了一下另一個女生。

另一個女生硬著頭皮道：「那個，陳竹，我們是李聽的朋友，她在班上被欺負了。」

「李聽？」

陳竹臉上寫滿了「這他媽是誰我又不認識」，見兩個女生茫然，她又問：「妳們哪個班的？」

「一班。」

陳竹想起來了，李聽這女生她不熟，也不知道和她認識的是誰，反正就混在她們一群小夥伴裡，出去玩過幾次。

好像還是沈星若的室友，上次沈星若請吃飯她也在。

陳竹還想著會是什麼事，要是不要緊的話，幫沈星若室友出個頭，然後和沈星若增進關係那也不錯。

正這麼想著，那女生又說：「李聽被沈星若欺負了，好像是沈星若逼著她抄公民罰寫。」

「誰？」陳竹笑了一聲，刷指甲都刷抖了，「妳說沈星若欺負她啊。」

這可是真是幫她貧瘠的生活送上了樂趣，她連忙追著問：「她作什麼事情得罪沈星若了？沈星若怎麼欺負她的，妳跟我仔細說說，妳們班有沒有人錄影啊，給我欣賞一下。」

碎嘴小姐妹發現事情走向好像不對。

妳看看我，我看看妳，支吾著都沒接話。

李聽這事其實沒什麼問題。

沈星若那一摔，她情緒就崩潰了。再加上陸星延的筆一飛過來，更是雪上加霜火上澆油。

她怕得要死，心裡也委屈慌亂得要死，可也想不出什麼別的解決辦法，只好邊哭邊抄罰寫，趕在放學前跑去王有福辦公室承認了錯誤。

曾桂玉氣得頭暈又下不了臺，明天的數學課還死活不肯去上。

剛好來了這麼個活靶子，王有福訓完，直接將人移交給了曾桂玉。

畢竟是她數學課上的事，讓她處理也算正常。

曾桂玉一下子出氣筒和臺階都有了，足足罵了李聽一個小時。

李聽被罵到懷疑人生，抽咽著連寢室都不想回，直接回家了。

曾桂玉訓話時王有福也沒閒著，心裡想這小姑娘，家裡怎麼教的，這也太不安分了。住在寢室，現在還只是撕室友試卷，那以後還能幹出點什麼？於是當機立斷，打了電話給李聽父母。

在電話裡王有福拿出以前新聞上報導過的種種寢室投毒案作例子，和她父母促膝長談了一個多小時。

李聽正委屈至極回家找安慰，沒想到一進門就被她爸媽送了一頓藤條炒肉，然後又被罵到不省人事。

她爸媽還說週五幫她請了假，讓她連著這個週末一起，待在家裡好好反省。

宿舍也不用去了，馬上在明禮附近找房子搬出去住，以後她媽陪讀，沒收手機，零用錢按天給，讓她安分讀書不準胡鬧。

李聽從來沒有想過，真正做壞事代價會這麼大。

晚上睡覺她還做了噩夢，夢裡沈星若和陸星延輪番上陣拿她當沙包打，她被打得暈頭轉向，摟緊小被子，嘴裡碎碎念著：「再也不敢了再也不敢了。」

李聽倒是好命，夢裡還有沈星若。

可陸星延已經很久沒有夢到過沈星若了。

青春期的男生，喜歡上一個人，難免會有點躁動。

每天睡覺前，陸星延都要幻想一下和沈星若拉拉小手親親小嘴，然後再幻想一下沈星若對他言聽計從乖巧柔順。

——當然，這些在現實生活中都是不可能的。

尤其週末在家補習的時候，沈星若總能三百六十度出口成章地對他進行花式凌辱。

週六晚上，陸星延洗完澡，在等待沈老師過來花式凌辱的時間裡，他在狐朋狗友聊天群組裡找了找存在感。

不用上課的時候，群組裡諸位清白公民都活躍得像豌豆射手，訊息唰唰唰地沒有停過。

李乘帆還分享了一部新的「秋名山車神」系列影片，並且附上兩百字小作文評價一份。

李乘帆：『真的好看不騙你們，品質太高了！』

李乘帆：『我看完還做夢了呢！』

陸星延本來沒什麼興趣，看到最後這句，心念一動，悄無聲息地將其將加入了下載列表。

高清的飆車影片動不動就是一、兩個G，下載起來有點慢，他放在那，放著放著，金魚腦子一下子就忘了。

沈星若洗完澡，拿著自己的筆記和作業，敲了敲陸星延的房門。

她晚上穿了件鵝黃色的小裙子，是細肩帶的，外面隨便套了件連帽外套，免得陸星延這純情小處男見個細肩帶就害羞到說不出話。

可她並不知道，只露出兩截白嫩勻稱的小腿，已經夠陸星延這躁動小處男浮想聯翩了。

沈星若之前整理了自己高一的數學筆記，這一週又抽空把其他的整理好了。

這時她拿了地理的筆記過來，跟陸星延講了他特別搞不明白的「洋流」這一塊的重點。

緊接著又對應習作本，幫他選了幾道題目。

沈星若自己作業還沒寫完，陸星延寫題目的時候，她就在旁邊寫數學試卷。

見陸星延的手機放在桌上，她拿起來晃了晃，「借我用一下計算機，我驗算一下。」

陸星延心不在焉「嗯」了一聲。

他的手機密碼是生日，這個沈星若早知道了。

解完鎖，她打開計算機，可還沒等她按數字，手機忽然「叮」了一聲。

螢幕上方也跳出來一則訊息提醒——「時速七十公里的心情是自由自在.mp4」已下載完成。

沈星若直覺這不怎麼對，可手比腦子還快，下意識就點了下去。

陸星延從那聲「叮」中回過神來，「欸」了聲，轉頭一看，螢幕上已經顯示出了一片日文，然後是兩男一女。

……這就是時速七十公里啊。

陸星延一看這畫面不對，心裡還在想「我靠怎麼是三個人」、「李乘帆這傢伙竟然不說清楚口味這麼重」，然後又快速組織語言想要解釋。

沈星若只在網路上看過葷段子聽人開過玩笑，這麼真刀真槍的畫面還是第一次見到。

她難得覺得燙手，暫停都不知道怎麼按，點了幾下，竟然還快轉了，直接跳到了不可描述的畫面。

沈星若想把手機扔到陸星延臉上，可手機很貴，她只好遠遠地往床上一扔。

陸星延望了望遠處手機，又解釋，「不是，我沒有看，我不知道……」

沈星若一巴掌推開他的臉，「你怎麼這麼色情！」

這時手機扔床上，遠遠的，嗯嗯啊啊的聲音還是特別響亮。

沈星若頭皮發麻，起身就想走。

陸星延決不允許自己在她心目留下如此不堪的形象，也跟著起身拉住她手腕，「沈星若妳等等，妳聽我解釋。」

「你閉嘴，我難道還需要你翻譯日文雅蠛蝶嗎？」

陸星延覺得自己比竇娥還冤，「我真的不知道還是三個人的，我口味沒這麼重。」

「你口味重不重關我什麼事，你別抓我手。」

沈星若甩了兩下沒甩開，可身後那聲音愈發不堪入耳。

她耳後根已經染上了淡淡的粉色。

「當然關妳的事。」

陸星延沒鬆開，發現沈星若有點疑似臉紅，還低著頭湊近看了看，「沈星若，妳是不是臉紅了？妳真的臉紅了，欸，妳還會害羞啊。」

沈星若面無表情繃著一張臉，耳朵卻紅得越來越厲害。

她踩了陸星延一腳，陸星延死撐著沒鬆手，而且還往下打量，似乎有撩開她頭髮的趨勢。

她又踩了一腳，警告：「處男，你再看我就親你了！」

第十七章　爸爸

沈星若情急之下說這麼一句話是覺得，陸星延雖然不學好偷偷摸摸下載小黃片，但他見女生穿個細肩帶都會害羞，骨子裡肯定十分純情。

沒想到她說完，陸星延不僅沒鬆手，還攥緊了些，腦袋也湊得更近了。

臉上赤裸裸地寫著——快點親，不親不是人！

就那麼湊巧，沈星若是個非常剛烈，且非常不信邪的女孩子。

雀骨崢崢，說一不二。

她墊著腳，以迅雷不及掩耳之勢，往陸星延臉上撞了一下。

——很生硬的，整張臉那樣子撞過去。

嘴唇可能只在他臉上輕輕掠過一秒。

然而，就是這一秒，純情小處男真的鬆手了。

陸星延渾身像通了電般，酥酥麻麻，半天都沒能回過神，他的手是下意識鬆開的，像中了什麼十香軟骨散，突然使不上力。

沈星若也怔了怔，感覺好像哪裡不對，這樣彷彿就，嗯……不對。

床上的背景音還十分賣力，可能是換了姿勢，或者是來了感覺，女人的聲音越叫越大，男人賣力的低吼也清晰入耳。

空氣被聲音壓得稀薄。

沈星若感覺自己一秒鐘都待不下去了，木偶般僵硬地往前走了兩步，發現方向錯了，又回身。

可陸星延不知道怎麼想的，忽然又抓住她的手腕。

沈星若抬眼望他，並沒有看懂他眼裡「再來一次」的渴望。

她正想說點什麼羞辱一下他，門口忽地響起敲門聲——

「是我，我進來了噢。」

裴月。

又是裴月。

話音落下的瞬間，門鎖被擰動。

沈星若畢生的急中生智大概都用在了應付這對母子上。

她當機立斷掙開陸星延的手，見裴月剛好推門而入，她氣都不帶喘地走向裴月，指著陸星延，告狀道：「裴姨，我幫陸星延補習他不好好聽，他、他竟然看那種東西……」

沈星若臉有點紅，眼神不與人對視，語氣冷靜中帶一絲羞怯，認真中帶一絲憤懣。

精準表現出了一位品學兼優的乖乖女遭遇不良壞學生用黃色小影片對抗補習時的標準反應。

很好，又是一次難度九點九的精湛演出。

裴月沒有一絲懷疑地將沈星若護在了身後。

聽到床上手機裡傳來的聲音，她老臉一紅，快步走向床邊，直接將陸星延的手機關了機，然後拎起枕頭就撲向陸星延的背——

「你搞什麼、你搞什麼！」

「不好好學以後就別學了！我看你反正也不像個搞學術的料，星若特地幫你補習你怎麼老幹些這種不入流的事？你腦子是垃圾桶嗎？啊？十六、七歲的人了你哪裡有點快要成年的樣子！」

一口氣罵了頓開胃小菜，裴月又回身向沈星若解釋，「若若妳別管他，他小學就氣走了三個補習老師，國中氣走五個，這小子就是故意的，妳別放心上，以後甭理他，讓他拿著那三百多分自我陶醉！」

緊接著她摁了下陸星延的腦袋，惡狠狠訓話，「你別以為我沒法子治你陸星延，你就看看這學期我還給不給你生活費！」

本來裴月教訓陸星延，沈星若只要在旁邊站著就行，可裴月威脅到了他的生活費，這四捨五入，也就是威脅到了她的生活費。

她的確有理財基金要到期了，但她從來沒去取過。

誰知道缺錢和取不出錢，哪一個會先來。

而且陸星延是她的債主，萬一他沒錢了來討債，也是個麻煩事。

這麼一想，沈星若就拉了拉裴月的衣袖，輕聲解釋道：「也沒那麼嚴重的，裴姨。」

「陸星延他、他也不是故意要看，就是不小心點開了。」

裴月拍拍她的手，安慰：「若若妳別怕，不用幫他說話，我今天不教訓教訓他，他都不知道自己姓什麼、花誰的錢了！」

沈星若：「……」

於是裴月又對陸星延進行長達二十分鐘的唾沫教育。

在教育過程中，陸星延表現出了面對衣食父母時「打不還手罵不還口」的良好品德。

沒別的，他就是單純沉浸在孔雀之吻中久久不能回神。

這一晚，躁動小處男如願做了個美夢，而且是個夢中夢，帶點奇幻色彩。

他先夢到了屋外的草坪，天氣好像不錯，有幾隻白孔雀在草坪踱步，時不時開個屏，他剛走過去看，那白孔雀就不見了，變成了沈星若。

他夢裡倒還挺有自我意識，知道這是個夢，然後趕緊催自己醒來。

醒來後他發現自己在床上，沈星若也在床上，他正伏在沈星若身上做不可描述的事情。

沈星若還摟著他的脖頸，主動親他的唇，親他眉眼，時不時還嬌嬌地低吟兩聲。

夢也熟能生巧地做了好幾次了，但就是這次最完整，前戲、高潮、事後菸一個不差。

醒來時陸星延雙目無神，第一個想法就是蒙上被子再睡，強行續夢。

當然，這夢要是能想續就續成，他大概會被抓去實驗室開顱研究了。

一看時間已經快十二點，陸星延也沒再強求，從床上爬了起來。

剛好沈星若來叫他吃飯。

他無精打采開了門，倚在門口懶懶應聲，「知道了，今天有什麼菜。」

沈星若上下打量他一眼，「星城昨晚地震了，周姨沒去買菜，所以今天中午喝粥。」

陸星延摸脖頸的手稍稍一頓，滿腦袋問號，「地震了，我怎麼不知道？」

「別說是地震，土石流塌方海嘯直接把你活埋了你都不會知道的，你睡眠品質那麼好你還想知道什麼？」

「……」

這他媽還不都是因為妳昨天親我！

沈星若並不知道他腦子裡那些黃色廢料又在翻騰，冷冷覷了他一眼，通知到就沒再多說，轉身下樓了。

陸星延邊往浴室走邊覺得不對勁，昨晚地震和周姨沒去買菜，有什麼關係呢？周姨又不是三更半夜去買菜。

他往窗外看了一眼，豔陽高照萬物欣欣向榮，小麻雀還撲啦啦地飛得很歡樂。

他後知後覺，拿手機搜尋了一下「星城地震」的關鍵字。

——震個屁。

沈星若這睜眼說瞎話 Diss 他的本事真是越來越精進了。

走進浴室他又轉念一想：不愧是他喜歡的姑娘，就是這麼有本事。

這麼想著，陸星延還莫名其妙地有了點自豪感，刷牙的時候心情很好地哼了哼小曲，順便回味了一下昨晚的吻和夢。

沈星若主動親人這種天降福利的好事顯然不是常想常有的。

新的一週，陸星延又主動惹事挑釁了沈星若四、五次。

沈星若每次都用一種看傻子的眼神冷冷望著他，還警告他如果再做蠢事，她就和王有福申請換座位。

沒有親親的人生寂寞如雪。

但陸星延更不想失去他的好鄰居，只好按捺住躁動不再作亂。

不再作亂的除了陸星延，還有李聽。

李聽趁週末人都不在的時候搬離了寢室。

週一來上學，她在自習課上念了檢討書，然後安安分分縮在小角落，再也不敢惹沈星若。

現實的暴擊加上夢裡的混合雙打給李聽留下了不小的心理陰影，這之後她見了沈星若就躲，連上廁所看到沈星若，也會自動右轉上二樓去找廁所。

她的碎嘴小姐妹也被她傳染了，自動將沈星若劃分到不好惹的區域。

平日見到沈星若，一個個都安靜得像鋸了嘴的啄木鳥。

李聽不敢作亂以及沒有條件作亂之後，安安分分讀書，第二次月考和第三次月考，年級排名都進步了不少。

她爸媽很欣慰，於是決定繼續實施沒收手機按天給零用錢的監管措施。

這導致李聽一看到沈星若，就想起自己失去的手機和零用錢，心理陰影更為深重了，平常沒事都不敢從沈星若面前過路。

值得一提的是，第三次月考過後，翟嘉靜約李聽一起吃了飯。

翟嘉靜先是誇了誇她最近成績有進步，又說她不在寢室總感覺少了一個人，很想念她。

李聽聽了，覺得心裡暖乎乎的。

她做了那種壞事，班上同學表面上對她沒怎麼樣，私底下可沒少議論，難得還有人還想著她。

可緊接著翟嘉靜說的話就讓她暖不起來了——

「聽聽，妳是不是傻，妳怎麼能對星若做那種事呢。而且撕試卷還撕錯了，得罪了陸星延。」

「妳做事實在是太衝動啦，有什麼事情應該先和星若好好溝通嘛，退一萬步說，妳真的想整她，也不能說來就來呀，當然妳這樣做是不對的，但我和妳當室友的時間比較長，當然還是不希望妳出事。」

李聽煩躁，「妳能別提這事了嗎？我不想提這事，我做錯我認了，妳別教育我了。」

「我不是要教育妳，我是說妳做事要有計劃，星若她……」

李聽直接打斷了她的話，「妳別說了，我怎麼聽著覺得妳特別希望我再去找找沈星若的麻煩呢？」

「上次就是妳說什麼楊芳那事沒證據，我才會一下子想岔了！我可不想再惹沈星若了，翟嘉靜妳是不是自己不喜歡沈星若，妳真的很奇怪！」

說完李聽直接起了身，鬱悶地回了學校。

翟嘉靜在她身後還沒反應過來，臉一陣紅又一陣白。

沈星若不知道李聽曲折的心路歷程，只覺得這段日子沒人礙眼，過得分外舒心。

李聽成績進步了，她卻無步可進，又隨隨便便拿了兩次年級第一。

陸星延最近兩次月考的總分都在三百九左右徘徊，實際上也算是小有進步，因為月考比期中要難上不少。

時序隨著一次又一次的考試不知不覺邁入了六月。

高三的學長、學姐們已經全副武裝，準備好迎接升學考，他們也還有半個多月，就將迎來這學期的期末考試，作別高二生活。

明禮歷來是升學考考場，所以升學考那三天全校放假。

放假前兩晚的晚自習，高一、高二在下課時幫高三的學長、學姊加油打氣。

兩棟教學大樓還變幻燈光，先是拚出「明禮」，後又拚出「加油」。

要說湊這些熱鬧，李乘帆、趙朗銘他們最為積極，自己積極完了還不允許別人不積極。

見陸星延在座位上坐著，一副意興闌珊興致缺缺的樣子，李乘帆推了他兩把，「延哥你怎麼回事，最近和失了智一樣，想什麼呢。」

「我夢見了白孔雀。」

他斜睨李乘帆一眼，隨口應了聲，然後打了個呵欠，又想睡覺。

「不是，做夢夢到孔雀你就成這樣了？」

李乘帆正閒著，還拿手機特地搜尋了一下。

搜完李乘帆忽然激動，再次推了推陸星延，興奮道：「延哥，網路上《周公解夢》裡講了，夢見孔雀是大吉啊，有喜事。」

喜個屁。

李乘帆盯著螢幕念給他聽：「欸欸欸，你夢了什麼？夢見開屏了嗎？這上面說未婚男人夢見開屏，很快就會找到另一半啊！」

聽到這，陸星延才動了動，掀起眼皮子看了他一眼。

「真的！不騙你！」

李乘帆把手機推給他看。

陸星延是夢見孔雀開屏了沒錯，但這上面沒說夢見孔雀變成人，還疊加一個春夢是什麼情況。

趙朗銘聽他們說孔雀，忽然想起一件事，「欸我伯伯家還養了隻孔雀，我伯母看得和寶貝似的，天天遛孔雀。」

李乘帆：「你說謊吧孔雀還能養？」

「這他媽有什麼好說謊的，是真的，孔雀本來就能養，是那什麼……」趙朗銘回憶了一下，「綠孔雀是保育類動物，不准私人養，藍孔雀可以，網路上就能買，變異出來的白孔雀也能買，就是稍微貴一點，一兩千吧。」

「這麼便宜？」

「欸延哥你不是要生日了，那我和趙朗銘送一隻孔雀給你樣怎麼樣，說不定還真的能找到個女朋友呢。」

「閉嘴。」

陸星延皺著眉頭，一副懶得聽他們胡說八道的倦怠模樣，可他腦海中忽然有了個大膽的想法。

晚自習快要結束，陸星延還埋桌上，手在桌底下打字，和某網路店家聊得熱火朝天。

他已經詳細地瞭解了孔雀的養殖方式，很省心，他媽肯定能幫他養好。

他正和人聊到怎麼取貨的環節。

沈星若叫了他兩聲，他沒聽到。

「陸星延，你在買什麼，買小黃片嗎？」

沈星若看了一眼他桌底下的手機畫面，距離稍遠，看不清字，只依稀能看到是在和網拍賣家聊天。

陸星延聊妥當了，舒了口氣，也終於聽到了沈星若說話，他收起手機，活動活動脖頸，開玩笑般隨口應聲道：「沒，我在買妳。」

沈星若自然不會拿陸星延這話當真，把筆記往他桌上一扔，安排任務道：「非謂語動詞和固定搭配的部分我已經幫你重新整理了一遍，豬念幾年英語都能看懂，你不要再給我找藉口說看不懂。」

「看完就寫練習講義，都是選擇題，花不了多長時間，要寫的頁碼我已經幫你折了角。」

陸星延翻了一下筆記和習題冊，又懶洋洋應了聲，「Yes，Madam.」

「行了，你別拽英文了，就你這英語，我還以為你在罵我媽。」

沈星若沒再看他，自顧自整理桌面。

陸星延對她的嘲諷已經習以為常。

只輕哂一聲，又敲敲她的桌子，饒有興致地說道：「對了沈老師，妳快要生日了，我幫妳備了一份謝師禮。」

陸星延剛被李乘帆他們提醒快過生日的時候，下意識想起沈星若和他同一天生日。

沈星若也想到了這點——

她的生日快到了，那就是陸星延的生日也快到了。

她掃了陸星延一眼，問：「你是不是想敲詐我？」

「別想了，你送我我也不會回禮的。」

「……」

「不是，妳心胸怎麼這麼狹隘？」

陸星延根本沒想過，自己一片真心準備個禮物還要被沈星若瘋狂揣測，他轉過身對著沈星若問：「妳說清楚，我在妳心目中的形象就這麼矮小？」

「……」

沈星若睇他，顧及他還是自己債主，沒有接話。

只用眼神向他傳遞了一個十分明確的答案——對的，沒錯，你的形象比七個小矮人還要矮小，以後就別問這種送分題自取其辱了。

陸星延對眼神的領悟能力還是挺強的，Get 到她的意思，就很想從手機裡把剛下單的白孔雀活捉出來糊她一臉。

——虧他還精心準備了這麼別致的生日禮物，這女的簡直就是沒有雀心。

沈星若沒功夫去照顧他碎了一地的處男心，下課鐘響就和石沁、翟嘉靜一起回寢室了。

今天剛出期末考試的時間安排，回寢室路上，石沁翻著手機日曆，碎碎數著日子，「一二三四五……十五天，不對，十六天，啊！只有十六天了！」

緊接著石沁又發現了什麼，「星若、星若，妳生日剛好是考試前一天欸！」

石沁在沈星若的生日那天寫了備註，就那麼巧，今年她的生日適逢期末。

石沁：「今年妳是不是滿十七？」

沈星若回想了一下，「對。」

旁邊翟嘉靜看了一眼石沁手中的日曆，倏地一頓，下意識就問：「星若，妳和陸……」

石沁和沈星若聞聲望過去。

翟嘉靜及時剎車改口道：「我是想問，妳比較喜歡什麼，我們好幫妳準備生日禮物。」

「噢，不用了。」

沈星若很輕地搖了搖頭。

畢竟她除了錢，也不缺什麼，總不能讓人直接轉帳包紅包吧。

她話音未落石沁就一口打斷，念著：「不行，一定要幫妳準備禮物。」

她心不在焉，看了手機一眼，發現今晚還是沒有收到未接來電。

從她來星城起，沈光耀每週至少來兩通電話。

大多時候她都沒接。

十次裡可能會接那麼一、兩次，也是冷冷淡淡地嗯啊兩聲，聽沈光耀說一下近況，通常不到三分鐘，她就會敷衍個藉口將電話掛斷。

可這一週馬上就要過完了，沈光耀還沒打電話給她。

升學考這幾天高一、高二放假，沈星若和陸星延都待在家裡。

陸星延發現，沈星若最近情緒有些冷淡。

中午吃飯時，電視會播各大考場的升學考情況。

無外乎採訪一下在外殷切守候的家長，考試結束再採訪一下考生，還有播一些愛心計程車司機免費載送考生，迷糊考生找錯考場錯失升學考的新聞。

怎麼說明年此刻就是他們，關心關心實屬正常。

陸星延這連私立鳥蛋大學都很危險的，看新聞都看得挺入神，裴月這連私立鳥蛋大學都很危險的考生家長，還在看網路上爆出來的作文題目什麼的。

可沈星若漠不關心，眼睛都沒往電視上掃一下。

晚上補習照常進行，但沈星若好像連罵他都提不起精神。

每次最多就用「你這小垃圾果然扶不上牆」的眼神盯他一會兒，也不怎麼訓話，實在是反常得很。

補習休息，陸星延叉了一塊削好的梨往沈星若嘴邊遞。

沈星若皺眉，往後退了退，抗拒意味明顯。

陸星延也沒強求，自己吃了，「沈老師，妳這幾天怎麼這麼沮喪啊，生理期來了？」

「吃還堵不上你這張嘴。」

「那當然堵不上，只有一塊梨，妳親我可能就堵上了。」

陸星延言語間半是認真，半是戲謔。

沈星若抄起講義往他腦袋上敲了一下，「閉嘴，馬上就滿十七歲了，你怎麼只長年紀不長腦子，我看你這樣高中三年都別想考一次四百分。」

OK。

是他想多了。

沈老師一如既往保持著精準打擊各個擊破點的戰時狀態。

升學考這幾天的假期很快結束。

返校時明禮校門口還掛著加油橫幅，只不過少了一個年級的學生，進了學校明顯比往日冷清很多。

一早到教室，沈星若早自習都沒上，就被王有福叫去辦公室講事情，一起被叫過去的還有何思越。

好學生被叫走，百分之九十九點九九的機率是好事。

何思越在早自習中途回來了，有人好奇問他，有什麼好事。

他爽朗地笑了笑，說：「選市長獎。」

「那沈星若怎麼沒回來？」

何思越稍頓，「王老師留了她，大概還有別的事要單獨說。」

這話陸星延也聽到了。

他正在玩沈星若的魔術方塊，沈星若教了他拚魔術方塊的公式，他還沒熟練，這時思緒被打亂，又不記得自己算到哪裡了。

等到早自習結束，沈星若才從辦公室回來。

陸星延問：「王有福留妳幹什麼？」

「哦，說學武術。」

她沒當回事，隨口應了。

陸星延：「學什麼武術，妳還有這個才藝呢，那妳和人逞能的時候怎麼不自己上，老拿我當擋箭牌？」

沈星若瞥他一眼，「不是你想的那樣，這個不用你本來就會，參加完培訓基本上升學考就能加分。」

一聽這話，陸星延來興趣了，「還有這種好事，怎麼學，我也去學學看。」

沈星若盯了盯他，實在是半個字都懶得多跟他解釋，「你閉嘴吧。」

陸星延對這不瞭解，何思越卻很清楚。

武術加分已經是星城中學裡公開的祕密了，因為本省的專長生加分制度裡有規定，武術獲得省級比賽的前六名同學可以獲得二十分加分，市級比賽可以加十分。

可武術只是一個籠統代稱，實際上它細分為了刀槍劍棍等八類比賽，而且男女比賽是分開的，又有市州組和館院組。

實際上能靠這個比賽拿到加分的足足有一百九十二個名額。

能有比賽資格的學校並不多，真正有專業水準的參賽者也極少，很多項目實際上是沒有人報名的，於是就產生了加分漏洞。

星城的幾大名校都會從高二暑假開始培養一批資優生參加武術培訓，確保在比賽中拿到加分，在升學考中力爭上游。

明禮前年的文理雙狀元，都並不是裸分狀元，而是加了武術加分的總分狀元。

王有福留了沈星若說這事，卻沒留何思越。

何思越這時聽沈星若說起，心裡有點不是滋味。

可緊接著他又聽沈星若說：「我沒答應。」

陸星延：「隨便學學就能加分，妳幹嘛不答應。」

「這和花錢買分有什麼區別，你不覺得很不公平嗎？」

「我沒有能力去阻止別人鑽漏洞，但我自己可以選擇不鑽這個漏洞。再說了，我不用這樣做，也能進我想去的大學。」

「那您還挺高風亮節。」

陸星延對這些不怎麼瞭解，隨口調侃一聲，沒當回事。

沈星若也懶得和他說。

實際上她和王有福說的時候更高風亮節，把王有福說得一愣一愣還挺深以為然的。

其實這兩年，上頭也已經開始關注武術加分的事了。

星城這塊，分給各個學校的武術名額略有收緊，以前明禮是文理前二十就都可以交錢報名，參加培訓。現在不行了，理組班名額稍微多一點，文組班卻總共只有三個名額。沈星若就這麼拱手將二十分讓了出去，聽到風聲的資優生們都覺得挺不可思議的。

何思越以為這名額沈星若不要，便會落到他頭上，可最終卻落到了翟嘉靜的頭上，他愈發失落了。

隨著期末的腳步聲漸漸走近，準高三生們也開始感受到了時間的緊迫。

一班是文組實驗班，沒有藝術專長生，但普通班的藝術生不少，最近都在準備集訓事宜，有的甚至早就已經離校去參加集訓。

之前裴月還想過讓陸星延學個播音主持或者編劇之類的，升學考混個藝術生加分。可後來仔細打聽下來又覺得還是算了。

陸星延站沒站相坐沒坐相還主持……

編劇就更不用說了，他那木魚腦袋，複述個白雪公主的故事大概都有難度。

週三下午上自習課的時候，忽然呼啦啦一群同學從走廊跑過。

這麼大陣仗就和地震跑路似的，李乘帆瞌睡都被吵醒了。

他抓著頭髮納悶地問了一下他隔壁桌，「幹嘛呢，上體育課啊，不對，上週體育考試不就都考完了嘛？」

「不是，好像是樓上幾個班的美術生，今天有個什麼畫家會來講座吧。」

李乘帆：「這你都知道。」

臨座同學解釋說：「我高一同學不是在五班嘛，她學美術的，然後她成績在美術生裡還是挺好的，家境也好，她家跟學校打了點關係，就是想趁今天這個什麼畫家過來，讓人家幫忙寫封推薦信。」

「這事她都講好久了，這個畫家好像還蠻厲害的，推薦信這種東西，乍一看沒什麼用，可你看我們學校校長的實名推薦，不就等於是保送嘛。」

推薦信和保送這種東西離李乘帆的生活相隔十萬八千里，他半點興趣都沒，聽完打了個呵欠，繼續睡覺。

倒是陸星延聽了，揉了一把沈星若的腦袋，調侃：「不會是妳爸吧，妳爸有沒有跟妳講要過來看妳。」

沈星若一頓。

緊接著面無表情踩了陸星延一腳。

看什麼看，她爸明顯是慈愛表現到一半已經懶得再繼續表現，現在連電話都不打了。

陸星延被踩得輕嘶兩聲，又上下打量沈星若，「妳惱羞成怒啊。」

「欸，妳爸該不會連電話都沒打過吧。」

「……」

他怎麼不去參加「哪壺不開提哪壺」冠軍爭霸賽？

也許他讀書不行卻在踩人痛處這個領域能破個驚世世界記錄呢。

沈星若心裡悶，自習課效率低到不行，到後半節乾脆不寫題目，直接睡覺了。

沈星若這一覺睡到了下課。

她迷迷糊糊醒來，起身去裝溫開水。

陸星延讓她幫忙裝一杯，她心情不好，也就表現得非常不團結友好，直接回了句：「那你怕是要等到死。」

陸星延乾脆起身，和她一起去裝。

裝開水的地方在每層樓的東側，也就是靠近老師辦公室的一端。

沈星若一手拿著杯子，一手掩唇打著呵欠，還有點沒睡醒。

陸星延吊兒郎當走在她旁邊，時不時揉揉她的腦袋，調侃她兩句。

沈星若皺著眉往旁邊偏，「你別弄我頭髮，都被你弄亂了。」

「妳甩鍋怎麼這麼厲害，妳本來就睡得亂七八糟的。」

說著他又揉了一把沈星若有些鬆散的孔雀毛。

她的頭髮軟軟的又很順滑，很舒服，讓人有點愛不釋手。

兩人走到裝水的地方，各站一邊裝水。

沈星若有點走神，水裝得都溢出來了，她往後退開半步，關了按鈕。

陸星延站在她右邊，繞過她肩膀拍了一下她左肩。

「你信不信我潑你。」沈星若往左轉，對陸星延說。

其實她潛意識裡是知道陸星延在右邊的，可不知怎麼，今天就是很不在狀況，身體下意識往左轉了，看到來人時，她動作也沒能如期收住——

接得太滿的水有四分之一都潑到了來人身上。

陸星延看著自己的水杯，都沒注意旁邊情況，很順手地再次伸手，親昵地揉了揉她的腦袋，「妳潑，潑了妳幫我洗衣服。」

走廊倏而安靜。

走到轉角的一行人裡沒人吭聲，只有教務主任和五班班導師瘋狂瞪向沈星若。

見沈星若沒動靜，教務主任只好自己開口了。

他賠著笑看向為首的中年男人，「不好意思、不好意思，沈老師，我先帶你去辦公室換一下衣服吧？」

緊接著，他又背過手，肅聲批評沈星若和陸星延：「怎麼裝水的，裝個水還打打鬧鬧！你們倆哪個班的，我去問問你們班導，這都是什麼樣子！」

沈星若盯著中年男人，眼睛一眨也不眨，半晌都沒說出一句話。

陸星延轉頭，也怔了怔。

他的神情倒是平靜，就是心裡驚濤駭浪完，還表揚了一下自己可真是個預言家，以後考不上大學也許還能去沈星若學校門口擺個攤算命什麼的。

不，擺攤太掉檔次了，他可以開一個占卜店。

這麼天馬行空一圈，教務主任的第二次批評又成了耳邊風，他完全沒有聽到。

空氣靜默片刻。

沉默許久的沈星若終於開口，喊了聲，「爸爸。」

陸星延也不是不認識沈光耀，心裡預備好的臺詞是「沈叔叔好」，可能是被沈星若帶偏了，他到嘴邊就想成了「沈爸爸好」。

也不知道怎麼回事，說出口直接變成了——

「爸爸好。」

第十八章　十七歲

空氣再次迎來長達數秒的靜默。

教務主任以前當科任老師的時候是教國文的，很懂語氣與用詞之間的細微差別。

這數秒之內他心思百轉千迴，想——

「爸爸」和「爸爸好」，明顯後者更為禮貌，也就沒那麼親近，哪個親兒子會跟自己爸爸這麼說話？

再加上剛剛走過來的時候這沈畫家說，想去一班看看他女兒，絲毫沒有提及自己還有個兒子。

這就很值得思考了。

所以這兒子是不是養子或者撿來的之類的？

哦對，聽說他前段時間結婚了，既然女兒都這麼大了還結婚，那必然是再婚或者三婚，所以這兒子極有可能是繼子。

把親生女兒和繼子放一起念書，看剛剛那自然而然的親昵動作，兩人還相處甚歡，這沈畫家可真是個人才。

教務主任腦袋飛速運轉，然後結合已知資訊，推理出了這麼一個看起來邏輯嚴密毫無破綻的結果。

他扶扶眼鏡，微微一笑，對自己的推理能力甚為滿意。

正在這時，繼子本子「呃」了聲，改口道：「不是，沈叔叔好。」

教務主任笑容一僵。

沈光耀對陸星延點了點頭，目光又落回到沈星若身上。

很顯然，沈光耀和沈星若都沒空理會他那一時口誤。

只不過沈星若還有課，沒等他們聊上些什麼，上課鐘就響了。

沈光耀望了望一班的方向，沉吟著說：「星若、星延，你們先回去上課，等放學，我讓人來接你們一起吃個晚飯。」

他的聲音溫和又克制，雖然襯衫被沈星若潑濕了，但整個人站在那，還是很有藝術家的儒雅氣質。

沈星若沒說話，最後還是陸星延應下這飯局，然後將她弄回了教室。

這之後的幾節課，沈星若都上得心不在焉。

傍晚放學，門口有車在等。

陸星延雖然很想跟著去坐實一下認爸的進度，但父女倆明顯需要一個單獨聊天的時機，他隨便找了個藉口，目送沈星若上車就走了。

沈光耀挑了家古色古香的餐廳，二樓臨窗雅座，雕花鏤空的窗戶敞開，往下可見中庭搭有小橋，下有潺潺流水，古琴的聲音縹緲悠遠。

前來點單的服務生也是清一色的旗袍盤髮。

雅致得很。

「……再加一個小筍炒泡菜，還有冬菇燉雞。可以了，謝謝。」

沈光耀闔上菜單，朝服務生點點頭，又幫沈星若倒上一杯茶，問：「星延怎麼沒來？」

「沒空。」

沈星若垂眸看著茶杯。

沈光耀稍頓。

沉吟片刻，他端起茶，可不知想起什麼，沒喝又放下了，只望著沈星若說：「爸爸昨晚到了星城，去過陸家了，陸叔叔和裴姨都一直誇妳。」

「剛剛妳上課，我也去見過妳們班導師，班導說妳在學校表現很出色。」

沈星若不鹹不淡地「嗯」了聲，「我挺好的。」

沈光耀看她，「真的挺好嗎？那爸爸匯給妳的生活費，怎麼都沒有用？」

他給沈星若的銀行帳戶，助理每個月都會按時匯錢。

他沒想過，沈星若會以不用生活費的方式來沉默抵抗他的決定。

如果不是方敏提醒他，讓他看看給沈星若的生活費夠不夠用，大概再過很久他都不會發現。

沈星若沒有回答他的問題，喝了口茶，又拿出手機，看了一眼時間。

沈光耀環著手搭在桌上，也短暫陷入沉默，只餘腕上鉑金錶規律地無聲前行。

沈光耀今年四十二，年少時便聲名鵲起，一路也沒出過什麼岔子，走到今天，在自身所在的領域也是舉足輕重的人物，平素誰見了都是老師長老師短，不敢有一絲怠慢，稍微皺個眉，不少人就覺得壓力倍增。

可這種壓迫感不適用於沈星若。

她坐在沈光耀對面，神情稱不上冷淡，但也毫無殷勤熱絡之意。

沈光耀收起平日待人的溫和疏離，認真審視著沈星若，忽然說：「爸爸同意妳來星城，也沒有強求妳參加婚禮，給了妳很長的冷靜思考的時間，可現在看來，妳還是沒有想通。」

沈星若對上他的視線，沒有絲毫躲閃，反問道：「你要我想通什麼？我沒有阻止你們結婚，也很識趣地給你們一家三口挪出了盡享天倫的地方，你難道非要強求我送上祝福嗎？」

「妳知道爸爸說的不是這個。」沈光耀制止了服務生要上前為他們添茶的舉動，「星若，妳不用拿話堵我，妳現在的態度就是冷處理不合作。爸爸是不是教過妳，做任何事都不要選擇逃避，在這件事上，爸爸也一直希望妳可以心平氣和地和爸爸好好談一談。」

沈星若點點頭，「好，你說。」

沈光耀沒有急著開口，先是略微回憶了一下日子，「還有不到半個月，就是妳生日了，今年……妳滿十七，很快就要成年了。」

「我和妳媽媽就是十七歲那年在音樂學院認識的。」

沈光耀和宋青照的愛情故事，沈星若已經聽過很多次了。

年少成名的畫家和優雅浪漫的小提琴手，都是才華橫溢的人，因為藝術結緣，本又家世相當男才女貌，最是般配不過。

但就在談婚論嫁之際，沈光耀的爸媽，也就是沈星若的爺爺奶奶，在外省突遇地震身亡了。

沈光耀沉浸在悲傷之中，再加上他又是個搞藝術的人，對繼承家業什麼的一竅不通，三兩下就被信任的叔伯捲走了財產。

宋家自然也就不願意再結這門親事。

可溺入愛河的宋青照是個剛烈的性子，重情重義卻絲毫不懂圓滑，說要結婚就要立馬結婚，還把自己家裡的人得罪光了。

自沈星若有記憶起，他們家和宋家那邊的關係就很淡，逢年過節都甚少走動。

她媽媽過世後，她和那邊更是沒有任何來往了，畢竟宋家人多，也不缺這一個、兩個外孫女。

沈光耀：「我和妳媽媽當初是真心相愛，但愛情它本來就……不是那麼一成不變的東西，相愛過是真的，感情變淡是真的，現在我和方老師相愛，也是真的。」

「妳必須清楚的一件事情是，妳媽媽已經過世五年多了，即便妳媽媽沒有過世，我們也是要分開的，方老師不是插足者，爸爸也有追求愛情的權利。」

「她是沒有插足，可她是從我的口中知道關於你、關於我們家的所有事情，我曾經那麼信任她，她轉身就背著我勾引我爸爸，我的確把她當媽媽一樣看待，但並不是真的希望她取而代之成為我的後媽。爸爸，這些你又清楚嗎？」

說這幾句話的時候，沈星若的情緒難得有些外露。

沈光耀沉聲提醒，「星若，妳說話注意分寸。」

「這件事爸爸和方老師都解釋過不止一次了，妳覺得是因為她瞭解我，所以我們才會相愛嗎？那爸爸大可以去婚姻介紹所登記一下資料，把資產現狀、家庭過往情況，全部都列出來，這樣的瞭解是不是更為直觀？」

「星若，方老師沒有妳想像的那麼不堪，婚前資產轉移我是不同意的，她是我的合法妻子，理應共用我的財產。」

「是方老師主動提出將大部分資產轉移到妳的名下，而且她說，如果我不這樣做，她就不願意和我結婚。這件事方老師不讓我說，怕妳知道了不同意，但妳今天說的話過分了。」

沈星若神情稍怔，不過片刻，又恢復成漠不關心的樣子。

「怪我，是我這個當爸爸的不夠負責。」沈光耀嘆了口氣，往後靠。

他知道，沈星若從小就是個倔強的小孩。

念幼稚園的時候，她幫班上小女生把欺負人的小男生嚇哭了，幼稚園的老師瞭解完來龍去脈，讓他們互相向對方道歉，那時候沈星若就說：「我沒錯，為什麼要我道歉？」

最後幼稚園把他和宋青照請了過去。

他們覺得沈星若這樣的個性很好，這個世界並不是所有人都需要圓滑又世故地生存，於是一直縱著她的倔強。

從本質上來說，沈星若這一點，也算是遺傳自他。

就像再婚這件事，沈星若是非常堅決地不贊同。

他也是非常堅決的，不受任何人的勸阻，包括自己最寵愛的小公主。

沉默之中菜上了桌，沈光耀往前坐了點，幫沈星若舀了碗雞湯。

兩人沉默地吃著飯。

一直到沈星若放下筷子，沈光耀才跟著擱筷。

沈星若看了看時間，說還要趕回去上晚自習，作勢就要起身，沈光耀喊住她，「星若，等等，爸爸再說一句。」

沈星若看了他一眼，沉默半晌，還是重新坐下了。

沈光耀想了想，說：「妳離開匯澤之前，爸爸就跟妳說過自己的想法。爸爸覺得，每個人都有去追求愛情的權利，無關年紀、無關身分、無關差距。爸爸也是這麼做的，至於它能不能走到最後，這是需要時間去驗證的東西，我們需要做的是享受過程。」

「我現在還是這樣的看法，包括妳以後喜歡上什麼樣的人，他可能很優秀，又或者……不那麼符合大眾眼光，看起來與妳並不般配，爸爸會給妳一些意見，但絕對不會插足妳的決定。」

「只不過爸爸在追求愛情的過程中，可能忽視了自己還是一位父親這件事，爸爸總覺得妳已經長大了，應該可以理解爸爸的心情，用妳們年輕人的話怎麼說來著，老房子著火，是吧。但我沒有從妳的角度去理解妳的心情，這一點，爸爸應該要和妳說一聲對不起。」

沈星若唇線繃得緊緊的。

沈光耀繼續道：「我一直覺得我的星若和我心靈相通，只需要一點時間去冷靜思考，就一定能夠想清楚。但這次我和方老師去羅馬的時候，方老師一直勸我來看看妳，說妳還是一個小姑娘，更需要的是來自父親的關愛，妳可能在意的，並不是我再婚這件事本身，而是我不會再像以前那樣愛妳。」

「我不知道妳是不是這樣想的，但我想了很久，我得承認，方老師的確比我更懂怎麼做一位合格的家長，所以我聽取她的意見，來看妳了。」

「爸爸還需要聽取意見才能做出來看妳的決定，這也足夠證明爸爸的確不夠合格，但爸爸願意學著去變成一位合格的，更好的家長，去平衡妳和這段婚姻之間的矛盾。」

「方老師有句話說得對，有時候很多事情本身沒有錯，但不是每一個人，情感上都能全盤接受。妳或許短期內，還是無法接受爸爸和方老師在一起，但沒有關係，以後爸爸也會經常來看妳，不管妳接不接受爸爸的婚姻，這都不影響妳永遠是爸爸的小公主。」

空氣安靜了幾秒。

沈星若忽然起身，拎著書包就想往外走，眼眶略微發紅。

沈光耀也跟著起了身，「爸爸送妳。」

沈星若腳步停了停，沒有說話，但也沒有拒絕。

沈光耀一路將沈星若送至明禮門口。

下車的時候，沈星若什麼話都沒說。

只是走出一段距離後，她忽然回頭，朝沈光耀揮了揮手，然後轉身離開。

沈光耀放下窗戶，也朝她的背影揮了揮手，臉上終於有了點笑意。

沈光耀之前見王有福的時候就幫沈星若請了假，沈星若今晚其實是不用來上晚自習的。

走進學校，她先找了個洗手間。

等情緒稍稍平復，才回一班教室。

第一節晚自習已經開始了，沈星若突然進來，一班的小雞仔們都下意識抬頭看了一眼。

陸星延也抬了頭。

晚上其實許承洲他們叫他去打球了，可他沒去，專程坐在教室裡寫沈星若給他的，那天書一般的英語閱讀理解題目。

這時見沈星若回來，他的目光一路追隨，直到她在身邊落座，他才問：「怎麼樣？」

沈星若望他，「什麼怎麼樣？」

陸星延一頓，「飯菜怎麼樣？」

「……」

沈星若沒理他。

陸星延湊近打量，忽地又問：「妳還好吧，怎麼哭了？」

他下意識伸手，想去碰一下沈星若的眼睛。

沈星若毫不留情地將他的雞爪拍開，「你胡說八道什麼。」

陸星延：「誰胡說八道了，妳的ＢＢ霜都沒擦勻。」

從他的角度能看到沈星若眼周略帶粉痕，而且那味道他這輩子都不會忘記的，就是當初沈星若往他嘴上抹的ＢＢ霜的味道。

一看就是往眼邊塗了一點，遮擋哭過的痕跡。

沈星若放下筆，從筆袋裡拿出一面小鏡子仔細照了照。

——還真的是。

她對著鏡子，又用無名指指腹在粉痕旁邊輕拍，將其拍開。

陸星延輕哂了聲，「還不承認。」

沈星若一句話也沒說，只狠狠踩了他一腳。

這之後陸星延追著問了幾句，她也不肯多說，問煩了她就毫不留情地拿書往他腦袋上招呼。

只不過陸星延發現，沈星若的狀態自那晚起就恢復了不少，具體當然就是表現在對他的打擊愈發穩準狠。

期末考試隨著烈日驕陽的炙烤逐漸逼近，陸星延和沈星若的生日也如期而至。

他們兩人的生日隔天就要考試，大家也沒心情聚會，有心情聚的也不敢出來聚，畢竟這種事情，用腳趾頭想都知道，說出來就會被爸媽訓得狗血淋頭。

於是大家決定等考完再補嗨一場。

不過兩人的禮物都提前預收了不少。

班上同學知道兩人同一天生日的時候都挺驚訝的。

私下有人開玩笑說：「陸星延和沈星若其實還挺配的啊，顏值都高，名字還差不多，而且還坐隔壁，又同一天生日，這是什麼緣分……」

「配什麼配，你也不看看那成績，開直升機都追不上吧。」

也有人關注點比較奇特，比如李乘帆。

他聽說沈星若陸星延同一天生日之後就逮著兩人問：「欸你們同一天生日啊，那你們什麼時候出生的，誰大一點？」

說到這個陸星延就很敏感了，「我凌晨她半夜，我比她大。」

而且有人來問他就要解釋一遍，「大」字還要瘋狂強調，就差沒在黑板上寫一行板書「我比沈星若早二十個小時出生」了。

沈星若都聽煩了，邊寫試卷邊拍他桌子，「別吵了，你比我大又怎樣，還想讓我叫你哥哥嗎？」

「……」

陸星延摸了摸後脖頸，故作無所謂道：「妳想叫那也不是不可以。」

「閉嘴。」

陸星延起了興致，揉了一把她的腦袋，「沈妹妹，沈黛玉妹妹。」

沈星若冷冷覷他，「你再不閉嘴我就把你當花給葬了。」

陸星延：「……」

考試前兩天都放假，回家備考的同時，沈星若和陸星延把收到的生日禮物一起放在後行李箱，拖回了落星湖。

晚上吃完飯，兩人邊站著消食，邊在客廳拆禮物。

陸星延拆禮物的時候，從沈星若的那堆裡看到一個包裝精美的禮物盒，中間還插了個信封，寫著「何思越」三個字。

他伸手去拿，卻被沈星若攔截了。

沈星若冷冷望著他，大有「你再動手動腳我讓你過不了今年生日」的意思。

「什麼東西，拆開看看。」

他不以為然道。

沈星若沒理他，將何思越的賀卡拿出來放在一旁，又拆開禮物包裝。

裡頭是一個很少女風格的手帳本，封面是一片水彩星空，暗合她的名字，也是很有心了。

陸星延湊過去瞥一眼，然後「嗤」了聲，「沒創意。」

沈星若睇他，他還愈發起勁了，目光從沈星若所有的禮物上掃過去，補了一句，「都沒創意。」

「那陸大少爺是準備了什麼清新脫俗的禮物給我？」

他不提這事沈星若都忘了，他之前還說準備了什麼謝師禮的。

陸星延挑了挑眉，漫不經心道：「等生日那天妳就知道了。」

沈星若上下打量著陸星延，有點不放心，總覺得他這金魚腦子會搞出什麼驚世駭俗的事情。

生日當天，豔陽高照。

沈星若九點多被沈光耀的電話吵醒。

電話裡沈光耀說，他正開車從匯澤趕過來，已經跟裴月說了，今天和他們一起吃飯。

她態度冷冷淡淡的，但還是「嗯」了一聲。

瞌睡醒了，她也沒心情再睡一覺，洗漱完出門，發現陸星延的房門是虛掩的狀態。

她走過去敲了敲，沒人回應，推門往裡瞧了眼，沒人。

——陸星延竟然起得比她還早。

她下樓。

周姨和裴月都已經在廚房裡準備午餐，見她起床，周姨還走到廚房門口提醒她：「星若，早餐在餐桌上，妳先隨便吃一點墊墊肚子。」

「好的周姨。」

她應了聲，走到餐桌邊拿了一片吐司，而後四處張望。

陸星延呢。

她正想著曹操，曹操就回來了。

外頭一陣動靜，她咬著吐司往屋外走。

然後就見陸星延從車上下來，和劉叔一起從後行李箱弄出了一個箱子。

陸星延見到她，唇角往上挑了挑，「沈星若，過來，妳的生日禮物到了。」

沈星若目光下移至那紙箱，沒說話，但身體還是誠實地走近了。

紙箱很大，陸星延又去屋裡拿了剪刀過來開箱。

沈星若就在一旁看著。

忙了好半天，陸星延終於把箱子弄開了，他招手示意沈星若過來，「妳快點過來看！」

她湊近，往箱子裡望了望。

箱子裡是一隻，白色的，小小的，毛也不是很濃密的……嗯……好像是禽類吧，也不知道是什麼東西。

陸星延將其拎出來，沈星若這下看得更清楚了，這禽類活蹦亂跳，翅膀還撲騰得挺歡快的。

陸星延將牠放至草坪，問：「怎麼樣，有沒有一種熟悉的感覺？」

「嗯……」沈星若緩了緩神，「挺熟悉的，你……你的禮物是很清新脫俗了。」

也真的很驚世駭俗。

陸星延聽了這話，權當表揚，神情有點得意的意思。

沈星若想了好一會兒，有點沒想通，還是沒忍住問了聲，「所以你為什麼要送我一隻雞，還是白毛雞？」

「妳在胡說八道什麼，這不是雞這是白孔雀。」

陸星延湊近那迷茫的白孔雀看了看，又和沈星若說：「妳有沒有常識，這個是白孔雀苗，就是月份小了點，真的不是雞，妳看牠前面這個扇形的冠。」

說著，陸星延指了指。

其實他覺得這羽冠橫看豎看也不太像扇形，但老闆跟他說明的時候這麼強調了一下，他也就這麼煞有其事地跟沈星若說了。

沈星若遲疑片刻，走近。

小白雀撲騰了一下，但實際上還是怯生生地待在原地沒動。

和雞好像有點不一樣。

身形稍微修長一點。

然後頭頂有小小的羽冠，像個還沒長整齊的扇形。

可是牠小小的，真的很像雞。

「牠是不是還很小？」

沈星若傾身，用手碰了一下孔雀羽冠。

小孔雀往後躲了兩步。

陸星延垂眸看著兩隻白孔雀互動，覺得莫名可愛，笑著應了聲，「嗯，好像是四個月還是六個月。」

其實那店裡也是有成年白孔雀的，但成年白孔雀又怎麼會有養成的樂趣呢？

當然，關鍵還是因為他媽要控制他的生活費，這一下子囊中就顯得羞澀起來了。

孔雀越大就越貴，他想反正也不麻煩，就和雞一樣隨便餵一餵就行了，他媽又整天閒得沒事幹，養隻孔雀也挺時髦的。

正在這時，裴月聽到動靜，從廚房出來了。

她遠遠看見白孔雀就問：「陸星延你弄什麼鬼東西回來了？不是說去拿若若的禮物？」

「這就是禮物啊。」

裴月走近一看，想都沒想就摁了一把陸星延的腦袋，「你又給我胡鬧！錢太多了花不完是吧你還弄隻烏骨雞回來，有本事啊！我看你是不需要生活費了！」

「不是，這是孔雀不是雞！」

陸星延又用他那貧瘠的詞彙組織了一下語言，和裴月好生解釋了一番。

裴月湊近打量，還真的是隻孔雀。

不知想起什麼，裴月忽然緊張起來，回過身就逮著陸星延問：「這玩意你哪弄回來的，犯不犯法？孔雀我記得是保育類動物吧這還是白色的，犯法的話趕緊送到動物園去，你未成年，應該不至於判刑！」

「您能別瞎操心嘛，我都問過老闆了，綠孔雀才不能養，白孔雀是藍孔雀的變種，這都是人工培育的，不犯法。」

陸星延簡直無語了。

「現在為了賣點東西人家什麼話不敢說？是不是還說路上死了包賠？」

「這妳都知道……」

「我看你也不像能相信的樣子，改天讓你爸去問問。」

他們說話時，沈星若已經蹲著和雀雀互動了好幾個回合。

這雀雀有點怕生，但可能是同類相吸，一開始還躲著沈星若，慢慢地沈星若幫牠順毛，牠也不躲了。

裴月正忙，問完還趕著去看她精心烹製的老鴨湯。

陸星延笑了聲，這才有空蹲到沈星若身邊，問：「怎麼樣，喜歡吧？」

沈星若被這小孔雀輕輕啄了一下袖口，忽地彎了一下唇，意識到陸星延就蹲在她身邊，她很快又拉平了。

過了好一會兒，她才點了點頭，隨即問：「牠是公的還是母的？」

「公的，本來我想買隻母的，但店家說母的不會開屏，妳說孔雀不開屏還有什麼意義？我當然買公的了。」

「欸說起來，妳倒是挺能變種啊，隨時隨地瘋狂開屏。」

沈星若反應了兩秒，才發覺陸星延說的「妳」是指她自己。

她拍了一下小孔雀的尾巴，說：「啄他。」

這小孔雀好像能聽懂人話似的，在陸星延伸出的手上「啾」地就是一下。

陸星延「嘶」了聲，「我靠，果然是妳兒子。」

都是狠雀。

兩人蹲著看了小孔雀一陣子，陸星延想起一件事，忽然說：「雀姐，幫妳兒子取個名字。」

沈星若想了想，「那就叫延延吧。」

「延延？」

沈星若拍了拍他的腦袋，雲淡風輕道：「兒子乖。」

這邊認了個兒子，那邊她爸又來了。

沈光耀還記得陸星延和她同一天生日，幫兩人都準備了禮物。

不過沈星若的還多了一份，沈光耀說：「這是景然準備的。」

沈星若接了。

方景然送了條項鍊。

項鍊很細，銀質的，並不名貴，不過款式不錯。

沈光耀解釋：「這是他用競賽的獎金買給妳的。」

沈星若沒說話，打量完項鍊，又從禮品袋裡拿出方景然寫給她的賀卡。

方景然年紀小小的，也很鋼鐵直男了。

不知道是什麼審美，寫完祝福語還在附近畫了些花裡胡俏的東西，就像手工版的「我把祝福送給你」梗圖，整張賀卡彌漫著濃郁的小學生氣息。

其實沈光耀和方敏在一起前，沈星若和方景然是相處得很不錯的。

方景然的爸爸走得早，他一直跟著媽媽生活。

剛進國中時，他放了學就會到高一的國文科辦公室邊寫作業邊等他媽下班。

沈星若經常在方敏的辦公室見到方景然。

那時候她和方敏的關係很好，連帶著和方景然的關係也很好。

沈光耀的禮物比方景然的要貴重很多。

大概是聽說她校慶上臺表演，沈光耀送了她一把小提琴。

琴盒上有某知名制琴師的Logo。

她也打開看了一眼。

兩份禮物沈星若都收下了，但也沒有什麼多餘的情緒表現，就和陸星延一樣說了聲：「謝謝。」

沈星若和沈光耀的關係，陸山、裴月也知道。

只是從大人的角度，當然還是希望父女關係修復，所以中午吃飯的時候，言語間都是在盡力撮合。

陸星延倒沒多摻和什麼，反正他是從心底覺得沈星若蠻慘了。

一個活生生的人扔在這，大半年該結婚結婚、該度蜜月度蜜月，好像忽然才想起自己有這麼個女兒似的，突然又殷勤上了。

不過他們這些搞藝術的，有時候思考比較跳脫，常人難以理解也實屬正常。

反正陸星延是理解不了，他只知道如果他媽突然和王有福結婚了，他可能會拿把菜刀釘在王有福腦門上。

話說回來，裴月也是很不拿他當親生兒子了，這邊撮合著沈光耀和沈星若，另一邊還要拿他當話題往死裡貶，用以襯托吹捧沈星若的優秀。

「……他第一次月考只考了星若一半的分數老沈你敢信？我去開家長會時真的是沒被他活活氣死。」

陸星延不樂意了，「妳當時不是冒充沈星若她媽冒充得挺開心的嗎，我可沒見妳哪裡生氣了。」

「你瞧瞧！你瞧瞧他說的是不是人話，老沈你真是命好，欸你說同一天生的怎麼差別這麼大，說起來我還真的想去那醫院查查啊，小孩子抱去游泳的時候都長同個模樣啊，說不定星若才是我女兒，陸星延是你兒子呢！」

沈光耀也笑，「星延哪裡不好了，成績不是衡量一個人能力的唯一標準，他也許只是不擅長學習課本上的知識，可能以後和老陸一樣，也是商業奇才，這也說不準不是嗎。」

陸星延雖然覺得沈光耀人不怎樣，但這幾句就還挺像個人話。

一頓生日飯吃得熱熱鬧鬧的，席間說話最多的還是裴月，沈星若沒怎麼開口。

馬上就要考試，吃完飯，沈星若和陸星延都上樓複習去了。

沈光耀他們就在樓下客廳聊天。

晚上還是在家吃飯，只是在吃飯之前多了個雙層的大蛋糕，上面插著十七的數字蠟燭。

等陸星延和沈星若洗手下樓，裴月往他們兩個腦袋上都戴了個紙質的生日皇冠，然後又忙前忙後地指揮上菜，關掉屋內燈光。

總控燈按下。

屋內倏然變暗。

陸山拿打火機點燃蠟燭，裴月開始讓大家一起唱生日歌。

沈星若原本只是跟著他們的歌聲一起拍掌，後來也不自覺地跟著哼唱起來。

「Happy birthday to you，happy birthday to you……」

陸星延站在她對面，不經意抬眼一瞥，就見蠟燭融融暖光映在她白皙的面龐上，好像映出了些平日少見的溫柔弧光。

等歌唱完了，裴月又催兩人許願。

陸星延看了沈星若一眼，然後閉上眼睛。

他許得很快，沒過幾秒就睜開眼，下意識往前吹蠟燭。

裴月眼疾手快拉住他，下巴抬了抬，示意他等等沈星若。

沈星若對著蠟燭雙手合十，眼睛緊閉，只有眼睫偶爾不安分地顫動一下。

也不知道她在許什麼願。

等了好一會兒，陸星延想：這位大小姐要求也太多了吧。

他忽然覺得自己沒許個夠本真是虧大了。

趁著蠟燭沒滅，他閉上眼又想繼續許願。

可屁事太多會不會不靈？

算了。

又等了一會兒，沈星若終於睜眼。

兩人一起往前，吹滅了蠟燭。

隨即屋內大燈重新打開，大家一起歡呼祝福：

「生日快樂！」

「生日快樂、生日快樂！明天期末考個好成績！」

「星若肯定能考個好成績，陸星延要是能考個四百分那也算是祖上顯靈了！」

陸星延摘下腦袋上被強行戴上的皇冠，又仗著身高優勢戴到了裴月腦袋上，「媽，今天是我生日妳能不能休息兩句別損我了？」

「行啊，那吃完飯你去廚房幫周姨洗碗。」

「都十七、八歲的人還這麼四手不撚香的，不進廚房你怕是連洗碗精和洗手乳都分不清楚。」

「……」

吃完飯，陸星延還真的被裴月攆去廚房洗碗了。

沈光耀還有事，要連夜趕回匯澤，吃了飯也不再多留。

為了給父女倆空出點單獨相處的時間，陸山和裴月特地沒有遠送，在門口招呼了一聲，就讓沈星若一路陪著沈光耀往外走。

沈光耀問：「若若，暑假有什麼打算？回匯澤嗎？」

「不了，學校應該會安排補習，放假的時間不會很多。」

沈光耀想了想，點點頭，「也好，只剩一年了，妳抓緊。」

「爸爸知道，課業上妳一向是不需要人操心的。但妳還是要注意身體，不用給自己太大壓力。」

「嗯。」

兩人有一搭沒一搭地說著話，很快便到了車前。

沈光耀停步，看著沈星若，有些感慨。

他伸手，順了順沈星若的頭髮，「我的若若，十七歲了啊。」

沈星若沒說話。

過了一會兒，她上前幫沈光耀拉開車門，說：「爸爸，上車吧，路上小心。」

沈光耀點點頭。

直到沈光耀的車駛離別墅區，沈星若還一直看著車消失的方向。

十七歲生日的夜晚，落星湖的風有些涼，夜空清朗，星星明亮。

她也第一次那麼清晰地感受到，有些東西破碎了，再怎麼黏合，也永遠回不到最初的樣子。

往回走的時候，陸星延在三樓陽臺喊她，「喂，沈老師，今晚還補習嗎？」

沈星若抬頭。

陸星延應該是洗完碗就上樓洗了澡，他穿著黑T恤，鬆鬆散散站在那，手裡拿著毛巾擦頭髮。

沈星若說：「馬上上來。」

明天要考國文和公民。

國文靠日積月累，臨陣也磨不出什麼發光發亮的槍，倒是公民還能抓抓重點，死記硬背一下。

沈星若進房，帶了一疊公民講義。

陸星延問：「妳和妳爸聊了什麼？」

「沒什麼。」

「那妳是原諒妳爸了？」

沈星若沒說話，拉開椅子坐下，又將講義放到書桌上。

等拔開馬克筆的筆蓋，她才說一句：「我只有這麼一個親人，如果他想心裡好受一點，那麼我會妥協，但妥協不是原諒。」

畢竟有些傷害早已造成。

她的爸爸有追求愛情的權利，她也有無法接受，和永遠不能再當無事發生的權利。

其實她念四年級時，沈光耀和宋青照就已時常爭吵，但他們會刻意躲著她，維持花團錦簇的假像。

到六年級時，這假像也維持不下去了。

潛意識裡沈星若明白，他們遲早有一天會分開。

大多時候她不願意去想，但每每想起這件事，她心底的天秤其實是偏向沈光耀的。

因為宋青照的個性很偏激，對沈光耀動手的時候甚至砸壞了她的鋼琴。

相反，沈光耀大多時候都是以慈父的形象出現。

後來宋青照意外過世，她跟著沈光耀生活，也不是沒想過他會再婚。

她不能接受的，從始至終都不是再婚這件事，而是他再婚的對象是她的老師方敏。

陸星延都被她繞糊塗了，「所以是原諒還是不原諒，是不原諒吧？」

沈星若敲了敲桌面，「你能不能不要關心家庭倫理情感肥皂劇了，你是覺得期末能考七百五？」

怎麼能不關心呢。

這直接決定了他面對未來岳父時的態度啊。

陸星延心裡碎碎念完，也拉開椅子，在沈星若旁邊坐下。

「時事這次有三道選擇題，你不用背，就把這兩頁的內容看一下就好了，我畫了圈圈的是看，用灰色馬克筆標記的是背，記住了嗎？」

「嗯，記住了。」

陸星延懶洋洋地隨口應聲。

他看了看沈星若畫的重點，又隨手拿起一枝筆，吊兒郎當地轉著。

忽然他想起一件事，「喂」了聲，又問：「沈星若，妳剛剛對著蛋糕許什麼願了，許了有三分鐘吧，我瞧妳那架勢是打算往後十七年都不過生日了啊。」

「欸妳許了什麼，說出來看看，我能幫妳實現也說不定。」

沈星若沒看他，繼續畫著重點，雲淡風輕道：「也沒什麼，我就是許願，陸星延這學期能寫完一本數學講義，五本題庫，十套升學考模擬卷，背完三千單詞，期末考試能上四百分，別再做老鼠屎拉低一班平均分數了。」

老鼠屎安靜三秒，「當我沒說。」

又過了三秒，老鼠屎陸星延忍不住揉了一把她的腦袋，「這不科學妳知道嗎，期末四百分這個說不定能拚一拚，但這學期已經過完了，我上哪裡去寫這麼多東西？」

沈星若：「說得好像你下學期就能寫完似的。」

陸星延：「……」

沈星若畫完了重點，忽然停筆，「哦對了，我回房拿個東西，你等一下。」

雖然嘴上說著她絕對不會回禮，但她最近看到了特別適合陸星延的生日禮物，也不需要斥鉅資，就順手買了。

她順便買了張燙金的包裝紙，閒著沒事包裝了一下，還綁了個蝴蝶結。

禮物瞬間就高級起來了。

說著，沈星若起身往外走。

陸星延不經意瞥了一眼她的背影，忽地一頓。

等等，她白裙子上那血印，那是血印吧……他下意識看了一眼沈星若坐過的凳子，忽然明白了什麼。

沒多久沈星若回來了。

見她沒換衣服，雙手抱著個包裝得還挺精緻的盒子，陸星延腦子一時混亂。

這好像是生日禮物？

應該是生日禮物吧，白孔雀那麼要面子的人，自己送了她禮物，她於情於理都會準備一個回禮的。

那麼他現在應不應該提醒？

提醒了這白孔雀會不會惱羞成怒禮物也不送了？

那麼再等一下，收了禮物再提醒？

好的，再等一下。

陸星延咳了兩聲，假裝無事發生，還擺出一副很驚訝的樣子，「這是什麼，給我的生日禮物？」

沈星若「嗯」了聲。

「這麼有重量，什麼東西？」

陸星延從她手上接過盒子，掂了掂。

沈星若還在賣關子，「你打開就知道了。」

陸星延點點頭，很小心地沿著包裝邊緣拆開。

燙金的包裝紙裡包著一個紙盒，紙盒打開——

《最真升學考講義》（數學）

《小題狂練進階版》（全套）

《升學考模擬題》（全套）

《英語三千單字一笑而過》

陸星延被這橙黃藍綠的封面晃花了眼，一時頭暈目眩。

這他媽，好像是她剛剛說的生日願望？

沈星若欣賞了三秒他僵化的表情，然後問：「喜歡嗎？對了，你剛剛許什麼願了？是不是許願想考四百分，如果你能做完這些，我覺得四百分肯定沒問題的，這樣一來你的願望、我的願望都實現了。」

送個生日禮物還順便實現兩個生日願望，她可真是一箭三雕聰明伶俐呢。

陸星延盯著面前那本紫黃色封面的講義，面無表情地說：「不，我的願望是十八歲之前能找到女朋友。」

其實他現在已經有一點不想找了。

不，也不能因為這點小事就不喜歡了。

就很糾結，唉。

沈星若不知道他在瞎想些什麼亂七八糟的，很客觀地說了句，「我覺得以你的智商有點困難，但以你的顏值和財力可能還是挺簡單的。」

陸星延看了她一眼，臉上表情寡淡。

算了。

自己喜歡的人，送點題目那就做吧，還能怎麼樣呢。

他默不作聲從床上扯過薄被，然後靠近沈星若，將薄被環繞過她的腰，綁緊——

「道理我都懂，但妳來生理期已經血流成河了，難道沒有一點感覺嗎？」

陸星延很高，靠近的時候，沈星若感覺眼前落下一片陰影，然後是熟悉的青草味道。

他的聲音好像是從胸腔震出來的，有種低啞的顆粒感。

沈星若的腦袋空白了幾秒。

——血流成河了沒有感覺嗎？

沈星若空白完，感受了一下。

真的沒有感覺。

她抬頭，對上陸星延的視線，一時很難分辨陸星延是因為收到書山題海惱羞成怒所以故意耍她還是……真的……

沈星若鎮定地拍開他的手，「你騙我？」

陸星延站得還是離她很近，腦袋微低，看她故作鎮定，輕哂了聲，「我騙妳我就來生理期，好不好？椅子上都沾到了，是我剛剛用衛生紙擦掉的。」

沈星若幾秒沒動，忽然繃著一張臉，雙手按住腰間的薄被邊緣，轉身就想回房。

「欸妳——」

陸星延都還沒喊得住，沈星若一個白雀擺尾，就在急著轉身往後走的過程中，被已經迤地的被子絆住了。

幸好陸星延眼疾手快，一把拉住了她。

只是這一拉，兩人都重心不穩，往後那麼一仰，倒退幾步，然後「砰」地一聲，摔倒在地了。

有陸星延這個人肉氣墊，沈星若除了被他的膝蓋骨頂到的地方有點疼，其他都還好。

愣了幾秒，沈星若淡定地眨了下眼，才發現自己的臉埋在了陸星延的肚子上。

而且他的T恤下擺撩開了一半，肚子就，嗯，他的肚子應該叫腹肌。

有點硬。

看樣子他的籃球也不是白打的。

相比沈星若，陸星延的反射弧就顯得比較長了。

當然也可能是因為他作為人肉氣墊，這麼一倒下去，受力的地方太多，一時有些反應不過來。

後腦勺有點疼，下半身被壓得有點疼。

左腿那一抽一抽的痠痛感——

好像抽筋了。

當然！這些都不重要！

重要的是，他能感受到沈星若整張臉都埋在了自己的肚子上！

眼睫眨動輕掃，呼吸溫暖濕潤。

這白孔雀好像還想說話，嘴巴也動了動！

這他媽太不真實了。

陸星延第一次希望自己的肚子是個柔軟饅頭，這樣沈星若一張臉埋進來，就像是埋進陶泥做的模具似的，分分寸寸都貼得很緊，這就很舒服。

還沒等他細細品味這痛苦與甜蜜交織的感覺，沈星若就從對他腹肌的品鑒中抽神了。

她按住陸星延抽筋的腿，借力起身。

陸星延被這猝不及防一按，按得一佛升天二佛出世，閉著眼差點就這麼還沒英年早婚就先英年早逝了。

沈星若好不容易起了身，還很顧及形象地整理了一下圍住下半身的被子。

見陸星延一臉隱忍痛苦的表情閉眼躺在地上，她用拖鞋碰了碰他，「陸星延。」

陸星延沒說話。

「陸星延起來，你以為你是豌豆公主還是白雪公主，還需要王子親你一下你才會好嗎？」

「……」

「王子就不用了，妳親一下倒是挺不錯。」

陸星延忍著抽筋的痠痛憋出這麼一句，還暢想著親親抱抱舉高高來個全套就更不錯了，她舉不起可以換他來！

見陸星延還有功夫嘴貧，沈星若覺得他應該沒什麼大事。

從桌上拿過公民講義，貼心地蓋在他臉上，分配任務道：「不管你是什麼姿勢，反正我剛剛圈出來的你都給我看一遍，然後那幾個重要的哲學原理和方法論今晚一定要背好，我洗澡去了，等一下過來抽查。」

說完，她將薄被提起來一點，從他大腿上方跨過。

這一晚沈星若和陸星延一起，一直複習到凌晨兩點。

十七歲的生日在認兒子、見爸爸還有血腥暴力做基調的複習中度過了。

次日便是期末考試，沈星若坐在第一考場第一排的第一個座位，開考前五分鐘，她的肚子突然痛了起來。

她這時才想起，出門時周姨幫她裝在保溫杯裡的紅糖薑茶在陸星延的書包裡。

這種陣痛來得迅猛，並且不知道何時會停止，停止後又會不會再痛。

很快她就冷汗涔涔，嘴唇發白了。

她坐在年級第一的位子上，氣質好，人又漂亮，監考老師自然就會多看幾眼。

這一看，發現她面色不對，監考老師連忙上前關懷，「沈星若同學，妳怎麼了？身體不舒服嗎？」

沈星若點了一下頭。

監考老師又問：「還能不能撐下去？」

沈星若又點了一下頭。

可那種陣痛愈發強烈。

最近她也沒吃什麼生冷的東西，不知道這次為什麼格外的痛。

她沒說話，兀自抿著唇強忍著。

馬上就要開考了，她又說還能堅持，監考也不好再說什麼，回講臺準備拆試題袋了。

正當監考老師舉著試題袋向大家展示時，忽然有人闖進了教室。

來人停在門口，稍微有些喘。

「同學？現在才來嗎，快點坐回自己座位去。」

第一考場一眾考生無言。

監考不認識，他們可都認識。

陸星延……讓他開書考怕是都考不到第一考場。

陸星延緩了緩，絲毫沒有身為光明頂教徒的羞愧，解釋道：「我的考場在六樓，來送個東西。」

監考老師：「……」

陸星延將那瓶紅糖薑茶放到沈星若桌上，然後又往她桌上扔了一疊暖暖包，招呼了一聲，「走了，好好考。」

附近同學在心裡腹誹了一下。

沈星若還需要你操心？

你也不操心操心自己……

監考老師雖然覺得一個在六樓考試的人應該也寫不出什麼驚世駭俗的小抄用來幫助年級第

一，但還是例行公事地上前檢查了下，「這是什麼？」

「暖暖包。」

說著，沈星若拆了一包。

陸星延還是在監考老師讓大家把書包放到前面的時候才想起，沈星若的紅糖薑茶放在自己書包裡。

剛好陳竹和他同一個考場，生理期也來了，他就向陳竹要了暖暖包，不顧監考老師勸阻，一起送了下去。

也不知道是不是因為做了好事的緣故，他覺得這次的試卷沒有那麼天書了。

第一堂國文考試他默寫古詩的部分全都寫了出來。

下午的公民考試更是不得了，看到大題他就想起沈星若羞辱他時說的那些話：

「有那麼難背？天天在豬圈廣播豬都會了。這些關係都是聯結完再來一個轉化，相互依賴相互影響。」

「陸星延你真的是豬，實在不會你就寫一句『堅持腳踏實地，堅持實事求是』行不行。」

「你以為你是暢銷書作家每一個字都很值錢？寫這六個字你是覺得自己字字珠璣還是給人留藏寶線索，有六分那你必須寫三點，湊也要湊出來。」

寫題目的時候，沈星若的話宛若魔音灌耳，逼迫著他不停地寫不停地寫。

六分的論述題他可不止寫三個小點，他硬是足足寫了六個重點，再給他一點時間，他能吹捧出十二個重點。

反正主要內容答完，其他的就是套話一籮筐的說就完事了。

下課鐘響，最後一個同學按座位號由大到小的順序收卷。

剛好陸星延這一組最後一個是李乘帆，收到陸星延的試卷，他滿腦子問號。

這他媽，竟然寫滿了……

出了考場李乘帆箍住陸星延脖子問：「延哥你不厚道啊你，你從哪搞了小抄？寫那麼滿！」

「滾吧，誰抄小抄了？」陸星延掀開他的手，又指了指自己，「用你那豬腦子好好想想，我他媽什麼時候做過弊。」

李乘帆一想。

還真的沒有。

陸星延那時候怎麼說的？說什麼，被全校廣播責罵不要緊，但如果因為作弊被抓，就很掉檔次了。

他還挺高風亮節，頗有一番我成績差，但我是個堂堂正正、清清白白好男孩的氣勢。

當然他的高風亮節李乘帆是半個字都不會信的，李乘帆覺得他主要是懶，根本就是懶得抄。

所以這就更驚悚了。

到底是什麼讓一個懶得抄小抄的清清白白好男孩僅憑那開發了百分之零點零一的大腦，把公民試卷寫滿了？中了什麼邪。

陸星延難得一次考試認真，沈星若也因為有紅糖水和暖暖包，勉強撐過了第一天的兩堂考試。第二天、第三天雖然還是不太舒服，但肚子沒再痛。

在英語考試的下鐘聲中，期末考試正式宣告結束。

出考場的那一瞬間，她感覺整棟教學大樓都輕快起來了。

其他考場的同學陸陸續續回到一班，將桌椅回歸原位。

王有福很快也進了教室，主要還是幫大家上緊箍咒，什麼開學後就是高三，大家不要鬆懈要和時間賽跑……然後發了暑假的作業和家長通知信給大家。

家長通知信的大意是讓家長督促學生在家也要抓緊複習，注意勞逸結合，夏天不要玩水。

沈星若後知後覺發現，除了開學時間略早，明禮並沒有安排暑期輔導的意思。

這讓她略感意外。

王有福說話一如既往慢慢吞吞的，讓底下已經迫不及待想要迎接假期的小雞仔們分外躁動。

陸星延倒是沒怎麼躁動，他主要是對這次的考試還挺上心。

最後一堂考的是英語，王有福在臺上講話的時候，他拿著帶出來的英語題目卷翻來覆去地看。

看到閱讀理解的時候，他實在不太懂，於是問沈星若，「前兩題我在文裡找了答案，應該沒選錯。不過，這篇閱讀理解到底是在講什麼，我看見什麼菸、咖啡，講吃的？」

沈星若不用看試卷就知道他在說什麼了，目光還是投向講臺，輕聲回答道：「這篇閱讀理解說的是有研究表明，人會對有輕微不適感的東西上癮，比如菸、酒、咖啡，然後第二段開始是舉例和闡述研究的具體內容。」

「這樣。」陸星延聽了沈星若說的，還有點感興趣，「這研究是真的還是瞎編的？」

沈星若：「應該是真的。」

陸星延仔細想了一下，覺得有點道理。

他剛開始對沈星若不就是挺不適的嗎？

現在——真香！

不過他心裡認同著，嘴上還是一樣欠揍，順口就說了句，「那怎麼沒見過有人對屎上癮。」

沈星若頓了一下，轉頭看他，還上下打量著，眼神頗為不可思議。

打量完她才問：「你吃屎的時候是輕微不適？」

「輕微」這兩個字，她還著重強調了一下。

「……」

「不，不是，那肯定不止輕微不適。」

說完陸星延又改口，「不對，我還沒有吃過屎。」

這聲音在安靜之中響起，倒也不至於全班同學都能聽到，但前後左右的同學都聽得清清楚楚明明白白了。

李乘帆一臉被 Shock 到的表情。

其他人內心小劇場也在狂刷字幕。

沈星若安靜幾秒，替他們把字幕說了出來，「你好像很遺憾，很想吃一下？」

第十九章　想不想談戀愛

陸星延覺得沈星若很惡劣。

明明知道他不是那個意思，還總愛抓他話裡的漏洞瘋狂對他進行打擊羞辱，這要換個心理承受能力差一點的，恐怕早就被她弄出憂鬱症了。

不過也是很神奇的，沈星若除了打擊他的時候這麼不遺餘力，對別人倒是挺親切友好。

陸星延轉念一想——

沈星若只打擊他，那這也算是專屬的特殊待遇吧。

也證明他的地位還是有那麼一絲絲的不同吧。

嗯。

陸星延被自己說服了。

嘮叨了差不多有半個小時，王有福終於嘮叨完了，最後他特別激情地宣布：「暑假正式開始，希望大家可以好好享受假期！」

班上同學一陣歡呼鼓掌。

緊接其後的是一陣桌椅推拉聲。

有不少同學歸心似箭，王有福還沒從班上離開，就如離弦之箭「咻」地一下射出了教室大門。

陸星延沒立刻就走，他一邊覷著沈星若和別人討論試卷，一邊打電話給預訂的KTV。

考前大家說好考完要補一次生日聚會。

陸星延早就訂好了地方。

大致安排是晚上唱個歌，然後再續一攤燒烤。

送他和沈星若禮物的人很多，自然都要邀請。

有些人有事不能去，但最後能去的人統計下來也挺多，一班有十多個，三班有五、六個，加起來差不多二十個人。

其中一大半都是男生。

男生多也有好處，用陳竹的話說就是——這群傻子成績不怎麼樣，炒熱氣氛卻是一流。

陸星延訂的是君逸華章酒店自帶的ＫＴＶ。

這ＫＴＶ空間寬敞，裝潢奢華，音響設備一流，原本是不對非酒店住戶開放預約的。

可陸星延被裴月扼住敗家的喉嚨之後，只能一天一個訊息、三天一個電話地向他表哥發去誠摯的問候，以及哭窮。

表哥大人向來是除了女朋友誰也不寵，陸星延的哭窮他權當放屁了，但他覺得生日請同學唱個歌也無可厚非，所以百忙之中還是幫陸星延找了個不要錢的唱歌的地方。

君逸華章五星級，娛樂設施完善，肯定是不會丟他陸少爺的面子。

當然，主要還是考慮到場地乾淨。

高中生不知道天高地厚的，簡單來說就是一群沒什麼人生經驗的小菜雞。偏偏這些小菜雞還很膨脹，以為自己很厲害，特別喜歡四處瞎啄。要是在不熟的地方惹了事或者是沾了什麼不乾淨的東西，非常麻煩。

傍晚這群菜雞到君逸華章的時候，恰逢酒店總裁來酒店例行巡視。

君逸現任總裁是陸星延表哥的竹馬。

表哥大人特地打過招呼，說自己表弟和同學來這唱個歌，讓人顧著點，他應下了，但對招待一群高中生顯然沒什麼興趣，這群人裡他也只認識陸星延，上前和陸星延說了兩句，然後吩咐大堂經理打點，就被助理祕書們簇擁著走向私人電梯。

小姑娘們先是被這架勢鎮住了。回過神後開始瘋狂地少女心氾濫——

「這是陸星延的哥哥嗎？也太帥了吧。」

「活體霸總！」

「太帥了，我覺得從今天起，我看的小說裡那些霸道總裁都有了具體的形象！」

「嗚嗚嗚我宣布他是我的理想型！」

女生們討論歸討論，但也不好意思去問陸星延。

但陳竹不怕陸星延，上前就眼冒桃心逮著陸星延問：「剛剛那是誰，你喊哥？你有長得這麼帥的哥哥為什麼不介紹給我認識一下？你是人嗎？」

「……」

「閉嘴吧，我也不是很熟。」陸星延上下打量陳竹，「是我表哥的竹馬，而且人家起碼大妳十歲。」

陳竹：「年齡是問題嗎？」

許承洲看穿了這群女生的本質，雙手插著褲子口袋潑冷水道：「我看錢才是問題，見人排場這麼大呼啦啦一群助理、小祕書的，就和失了魂一樣。」

陳竹回身，嚴肅矯正，「不！錢也不是問題！顏值才是問題！」

陸星延白眼都不知道從哪個方向翻起才好，無意間瞥了沈星若一眼。

沈星若不知道在和石沁聊什麼，聊得還挺認真。

他又瞥了一眼石沁——那一臉迷妹樣，八成也是在說霸道總裁了。

等沈星若走過來，他「喂」了一聲，故作不經意般問道：「妳也喜歡他那樣的？」

「什麼？」

沈星若剛開始還沒反應過來他在問什麼，反應過來後，她想了兩秒，說，「你說你那個哥哥啊，有錢有顏智商高，女生都喜歡吧。」

陸星延：「……」

他納悶，「妳哪裡看出他智商高了？」

沈星若：「他不是酒店老闆嗎，老闆應該不會升學考低於四百分吧。」

又來了又來了。

陸星延趕緊伸手止住，「行了別說了，妳等著吧沈星若，這次期末我肯定能考四百分的。」

沈星若：「可是你考四百分也不等於智商高，也不等於女生都喜歡。」

陸星延自行理解了一下，換而言之就是——

考了四百分，也不等於她會喜歡。

果然，沈老師的扎心刀可能會遲到，但永遠不會缺席。

進了包廂，陸陸續續有三個推車的啤酒、零食推了進來，後頭還有人捧了一盒桌遊牌。

李乘帆翻了翻，特別自來熟地和管事的經理說：「沒有撲克牌，拿副撲克牌過來吧姐姐。」

站在最前頭的大堂經理一身工作制服穿得一絲不苟，笑容也和她的著裝站姿一樣，標準得不要不要的——

「老闆吩咐了，陸少爺和各位同學年紀還小，今天補過生日，啤酒可以喝一箱，當是慶祝，稍後我們還會送上醒好的紅酒，但白酒、香菸，還有撲克牌、麻將等涉及賭博的工具都不允許提供的。」

「什麼？」

「我靠！」

真是絕了。

一群男生的目光紛紛投向陸星延。

陸星延也愣了一下。

不是，還能這樣？

怎麼不早說？

他一一回望過去，眼裡寫了大大的四個字：我—不—知—情。

要是換他平時和一幫朋友出來玩還要被管這管那的，他肯定起身走人另找場子了，有錢到哪不是大爺。

可今時不同往日，這他媽還不是沒錢……

倒是沈星若拿起一副桌遊牌看了看，忽然開口，「有狼人殺的牌，聽說很有趣，你們有會玩的嗎？」

笑話。

他們除了讀書，有什麼不會？

沈女神發話，一群男生也不管撲克牌、麻將、白酒那些有的沒的了，都蜂擁上來獻殷勤。

陳竹作為女粉絲小頭目之一，自然也是衝在了獻殷勤的第一線，她以性別優勢一屁股就坐到沈星若身邊，把沈星若擠得下意識往旁邊陸星延那挪了挪。

一瞬間，沈星若和陸星延的距離變得很近。

沈星若覺得哪裡不對，但沒等她仔細想，陳竹就拿著狼人殺的牌開始跟她解釋規則了。

陸星延坐在那本來還憋屈著，忽然天降福利，他好幾秒都沒說出話。

沈星若今晚穿了裙子，坐下來後裙子邊緣離膝蓋還有一小段距離，兩人坐得近，腿上的溫度都能清晰感覺到。

陸星延假裝無事發生，一邊享受零距離福利，一邊和許承洲李乘帆他們有一搭沒一搭地侃。

趙朗銘是KTV死神，早就趁大家不注意一連點好了七、八首歌。

點完他拿起麥克風，清嗓。

整個人和站軍姿似的站得筆直的，還往前稍微傾了傾，肅聲道：「咳咳，今天的第一首歌，〈朋友〉！獻給在座的各位親朋好友，感謝你們來我的星城站個人演唱會捧場！」

說完他煞有其事地鞠了個九十度的躬。

女生們大多沒聽過他唱歌，只覺得他是一本正經地在搞笑，都挺給面子地鼓了鼓掌。

李乘帆不一樣，在趙朗銘鞠躬時就感受到一級警報，連忙拿起另一個麥克風朝他喊話，另一隻手還打著手勢，往下壓，示意他停下，「欸欸欸銘爺，有話好好說，不要唱！」

許承洲也拿了麥克風，「還〈朋友〉，銘爺，唱了我們就不是朋友了！」

但什麼都阻擋不了KTV死神收割鮮活生命的開嗓。

幾個男生也顧不得了，人家都認認真真唱起來了，也不好切了他的歌。只能趕緊占據點歌機，瘋狂點歌，把他剩下的歌全都頂了下去。

這邊陳竹也講解完了狼人殺的規則。

沈星若邊聽邊消化，勉強聽懂了。

她理解能力好還勉強聽懂，反而是陸星延一個會玩狼人殺的坐旁邊，都沒聽懂陳竹那複雜的講解方式，他一度很想讓陳竹別說了換他來講。

反正人多，唱歌的唱歌，桌遊這邊也很快開始，氣氛分分鐘就嗨了起來。

沈星若第一次玩狼人殺，還沒來得及發揮，就在第二天睜眼的時候，作為預言家，被陸星延這隻狼給屠了。

她的預感告訴她就是陸星延殺的，於是留了個查殺陸星延的遺言，光榮死去。

李乘帆瞎點了一堆歌，大多是在熱門歌單裡的，有些根本沒人會唱。

跳到一首小清新的〈我喜歡上你時的內心活動〉時，他隨口朝女生那邊問了一句，「這個有沒有人會？沒人我切了啊。」

沈星若一看，「我來吧。」

她本身就不是扭捏害羞不敢在眾人面前唱歌的人，這時死了也無事可做，剛好碰上一首聽過的歌，便從桌上拿起麥克風，坐在沙發上唱起來。

「在九月潮濕的車廂……」

「我靠……」

「誰在唱？」

她剛唱出第一句，所有人就都抬起了頭，然後唰唰唰地看了過去。

尤其坐她旁邊的陸星延，聽得最為清楚。

陸星延看了她一眼，瞬間就將剛剛準備好的遊戲發言忘得一乾二淨。

她平時說話的聲音很清冷，唱這種小清新的歌，清冷乾淨的感覺被放大，音色顯得格外明亮純淨。

這簡直是開口跪吧。

「陸星延換你發言了、換你發言了！」

有人催促。

陸星延回神，隨便說了幾句無力的辯解，然後——

一致通過被投票死了。

可他現在根本就不 Care！

「你看那九點鐘方向，日內瓦湖的房子貴嗎？」

不貴！買買買！現在立刻馬上就讓金盛去日內瓦湖開發房地產！

「世界上七千個地方，我們定居哪裡。」

隨便妳！想住哪住哪！有錢難買妳高興！

陸星延面上寡淡，拿起一杯啤酒喝著，內心卻在瘋狂OS。

沈星若一首歌唱完，大家都很給面子地鼓掌歡呼，粉絲們瘋狂吹捧，還有傻子調了屋內的燈光氣氛，拿著搖鈴製造噪音。

倒真有那麼幾分像是沈星若的個人演唱會。

狼人殺耗時長，一個晚上也只開了幾局。

沈星若這種惹人注目的不是被殺就是被票選，都沒等她好好發言，就被扼殺在了搖籃之中。

遊戲死得快，沈星若只好專注唱歌。

前頭李乘帆正唱著〈拯救〉，唱到一半沒氣了音飆不上去，後面切上來一首〈屋頂〉，是男女對唱。

李乘帆興沖沖地拿著麥克風朝沈星若喊話，「若姐，跟我唱唄。」

沈星若也用麥克風回應他，「這首我不會。」

李乘帆：「〈屋頂〉妳都不會啊，那妳會什麼，等著，我找找男女對唱的……」

這局又拿狼人牌的陸星延還沒死，他冷冷覷了李乘帆一眼。

可李乘帆正一心火熱地想跟女神男女對唱，根本沒注意到陸星延投射過來的死亡視線。

男女對唱的熱門排行榜一拉下來，排在前面的都是耳熟能詳的〈小酒窩〉、〈廣島之戀〉、〈素顏〉……

沈星若乾脆起身過去看，看了半晌，她指了首歌，問李乘帆會不會。

李乘帆拍了拍胸脯，「那必須會啊！」

於是就這麼愉快地切歌了。

陸星延一直注意著他們的動靜，正好是夜晚殺人的時刻，陸星延心不在焉地想要結束這局，示意自殺。

他都做好搶麥的準備了，可歌一切上來，〈好心分手〉。

陸星延頓時打消搶歌念頭，這他媽太不吉利了。

遊戲也進行到睜眼時刻，法官說：「昨晚是個平安夜。」

陸星延一心求死，沒想到被女巫救了。

陳竹這一局拿到了女巫牌，她的水準本來就比較差，遇上厲害的就玩不動，最可怕的是她還迷之有自信。

天亮直接出來跳身分，自跳女巫發銀水給陸星延。

這也就算了，她竟然還義正言辭言之鑿鑿地推測拿了預言家牌的邊賀是狼人，帶領群眾把邊賀投票死了。

夜裡女巫吃一刀走人，白天四狼裸坐票選死最後一個神，遊戲結束。

狼人的勝利來得太快就像龍捲風，沈星若和李乘帆一首對唱還沒結束。

陳竹被人吐槽水準差，心裡苦但是說不出話，只好拿著李乘帆撒氣，Diss了一頓李乘帆公鴨嗓唱得太難聽，然後還搶了他的麥克風，接著跟沈星若對唱。

一局結束，陸星延也懶得再玩，起身走到點歌機那。

這時正好翟嘉靜和石沁在點，陸星延站在她們身後看了看，忽然伸手，置頂了不知誰點的〈你被寫在我的歌裡〉。

翟嘉靜看了，稍稍一頓。

陸星延坐回沙發裡喝啤酒，等到螢幕切歌，他已經拿了麥克風，可忽然聽沈星若問了句，「這首誰點的？」

翟嘉靜不經意從陸星延那掃過，應聲道：「我點的。」

沈星若將麥克風遞給她，窩回座位喝奶茶。

陸星延在沈星若坐回來之前，將麥克風隨手扔到了許承洲懷裡。

許承洲一腦袋問號，「給我幹什麼，我又不會唱！」

麥克風幾經轉手遞了一圈，只有石沁會唱，於是她和翟嘉靜兩人對唱起來了。

翟嘉靜抿著唇，稍稍有些走神，連音都跑了好幾個。

沈星若坐回來後，陸星延問她：「歌后，這歌妳怎麼不唱？」

「又不是我點的。」沈星若喝了一口奶茶，又說，「而且這首我不會唱。」

陸星延還沒來得及說什麼，李乘帆又跑來問沈星若〈私奔到月球〉會不會，頗有幾分剛剛只合唱了半首還意猶未盡的意思。

沈星若點了點頭。

陸星延一想，又把剛剛想說的話吞了回去。

等了兩三首才等來李乘帆新點的對唱，陸星延抓準時間，在李乘帆開口前從桌上抽了個麥克風，搶了一拍先唱。

「其實你是個心狠又手辣的小偷，我的心我的呼吸和名字都偷走。」

李乘帆一臉傻愣，舉著麥克風往後望。

沈星若也頓了頓，下意識看了一眼坐在旁邊的陸星延。

陸星延倒是挺自然，自己唱完還示意沈星若唱。

沈星若沒搞懂他這是在演哪一齣，但只有一兩秒的間歇，她也沒空思考，接著唱女生的部分。

「你才是綁架我的兇手，機車後座的我吹著風逃離了平庸。」

沈星若唱的時候，陸星延和李乘帆視線對上。

陸星延活像個強搶民女的惡霸，一副「我搶了又怎樣」的表情，特別理所當然。

「這星球天天有五十億人在錯過，多幸運有你一起看星星在爭寵。」

這也是沈星若第一次聽陸星延唱歌。

平心而論，陸星延在讀書這種正事上表現得一塌糊塗，但娛樂上不說樣樣精通至少都很拿得出手。

畢竟花了這麼多生活費，總得有點成果。

他的嗓音偏低，聲線卻很乾淨。

聽起來就還……沈星若想了一圈形容詞，又轉過頭看了一眼半邊臉都浸潤在光效裡的陸星延，忽然腦海中就蹦出一個字——蘇。

真的就還，挺蘇的。

她走神時已經到了合唱部分。

她沒跟上，陸星延不滿，還伸手揉她腦袋。

跟著他一起合唱，也不知怎麼回事，沈星若感覺自己的耳朵好像有點熱。

很奇怪的一種感覺，她和李乘帆唱歌的時候完全沒有。

如果非要說出差別，那大概是李乘帆在一首對唱裡就像個NPC，陸星延卻是真實的陸星延。

兩人坐在那對唱，互動自然到讓李乘帆目瞪狗呆。

他明白了。

完全明白了！

李乘帆按捺不住發現驚天八卦的躁動之情，貓著腰從螢幕前穿過去，找趙朗銘八卦，「我靠！難怪陸星延要搶我的歌！這他媽是真的喜歡上了啊！我還以為開玩笑呢！」

趙朗銘上下打量完他，然後送上兩字，「傻子。」

其他人見他們情歌對唱，也感覺有那麼一絲絲不對。

如果說是同學情誼，那沈星若也不是陸星延第一個隔壁桌了，並且也不是他第一個女鄰座了，怎麼沒見他對其他女同學這麼和顏悅色動輒情歌對唱摸頭順毛的？

別說其他人了，沈星若也覺得奇奇怪怪的。

但她不止覺得陸星延奇奇怪怪，感覺自己也奇奇怪怪的，很不自然，耳朵應該紅了。

好在光線暗，她的耳朵紅也沒人看得出來。

一首歌結束，她不動聲色端起桌上啤酒喝了兩小口，這樣臉紅就沒人會覺得不對了。

在KTV唱到十點，有一波乖寶寶必須回家了。

剩下還有十幾個人參與續攤燒烤。

陸星延他們先去了燒烤攤，沈星若送石沁她們去附近的地鐵站，然後才跟著陸星延傳來的共用定位往前走。

大概是因為喝了兩口啤酒，沈星若總覺得耳朵、脖頸，都還很熱。

就連夏夜的風也是熱的。

地鐵出口離燒烤攤只有五六百公尺的距離。

這一小塊地方是大學城附近的宵夜攤聚集點，聽說之前星城評選文明城市的時候全部都被取締了，現在文明城市到手，宵夜攤也再度復活。

路邊長長一排都是，搭著或藍或紅的頂棚，暖黃燈泡與白熾燈光交相輝映，調味料和油煙味順著風吹來，織就這初夏夜裡平凡而鮮活的煙火氣息。

沈星若看著定位，總感覺陸星延好像一直在動，動的距離很微弱，以一個圓點為中心，前後左右地晃。

她正奇怪，前頭一陣喧嘩打鬧聲吸引了她的注意。

有一家掛著一小塊紅底黃字名為「胖哥燒烤」的宵夜攤摔出了幾把凳子，遠遠望著好像是在打架鬧事。

她腳步稍頓，然後就見一個男生拎著另外一個男生的衣領，手瘋狂揍對方的肚子，被揍的男生不住往後退，最後摔倒在地。

沈星若感覺不妙。

被揍的她不認識，但揍人的好像是許承洲。

他今天穿了一件特別騷的螢光綠印花T恤，很顯眼。

許承洲在打架，那麼……

沈星若也不知道發生了什麼，但知道現在唯一能做的就是不給他們添麻煩。

她走到胖哥燒烤旁邊的一家燒烤攤，拉近圍觀戰況的距離。

她剛走近。

就見穿黑T恤的男生抄起一瓶還沒開的啤酒往對面高壯男生腳邊一砸，啤酒汩汩往外冒著白沫，碎片四濺開來，對面高壯個子被黑T恤男生擰住了手腕，正往外折著，臉色發白。

「我他媽是不是警告過你嘴巴給老子放乾淨點？上次不是認輸認得挺快？嗯？」

他的聲音還是和平時一樣，有點懶洋洋的，但細聽，戾氣很重。

沈星若早就認出來了。

穿黑T恤的是陸星延。

從她的角度只能看到陸星延半張側臉，瀏海鬆軟地垂在額前，頭頂有幾根短髮不安分地豎立著，面上沒什麼表情，和平時中二的樣子完全不同。

沈星若從沒見過陸星延真的打架。

他的光榮戰績好像都只在年級裡口耳相傳。

之前兩次有動手的苗頭，可都還沒開始對方就服軟了。

這導致她一度覺得陸星延那些打架很厲害的傳聞，可能是他的狐朋狗友們在吹捧造勢。

但現在——

趙朗銘手裡邊料理著人，還順便幫陸星延從後頭踹了這高壯個頭一腳，踹得穩準狠，正踹在腿窩上。

高壯個頭雙腿往前一軟，作勢就要跪地。

陸星延和趙朗銘配合默契，很快便鬆了手，轉而一把揪住對方頭髮往下按，然後再一腳踩在背上把人踩趴，這還沒完，陸星延又扯起地上人的一隻手臂往後折。

地上的男生隨之發出殺豬般的嚎叫。

沈星若本來還準備看一下形勢，如果陸星延他們打不贏就報警。

可她站那看著，忽然覺得自己的擔心稍顯多餘。

「嚎你媽啊，老子還沒卸了你的手臂就哭爹喊娘的。」

陸星延語氣懶散。

「陸星延我操，老子早問了，又不是你馬子你激動個屁啊！」

地上男生青筋暴起，臉和脖頸發紅，都處於充血狀態。

陸星延忽然抓住他的頭髮往上扯，然後稍稍傾身在他耳邊說：「你他媽怎麼知道現在不是，以後也不是？」

這話沈星若沒聽到。

她的注意力集中在地上男生的聲音有些耳熟。

她往旁邊挪了挪，看到男生正臉，終於想起來了——

這男生是第一次月考的時候坐在她前面，和她開過黃色玩笑還差點要動手打她的男生。

五分鐘後燒烤攤群架結束。

有人報了警，警車嗚嗚嗚地往這邊開。

不知是誰喊了句「警察來了」，然後這群人展現出了打架鬥毆人員應該具備的良好反應速度，十秒鐘內收拾金銀細軟作鳥獸散，就連被揍趴的一夥人都忍著疼踉踉蹌蹌地起了身，跑路跑得飛快。

只有陸星延不慌不忙，把身上僅剩的現金抽出來扔給老闆，很有禮貌地說了聲：「抱歉。」

沈星若見他動作慢，有點受不了，上前拉了他一把，把他拉著往地鐵站的方向跑，「快點！」

陸星延先是一怔，過了好幾秒才反應過來是沈星若。

他反手握住沈星若手腕，很有經驗地和她解釋，「妳急什麼，肯定不是來抓我們的，以星城的出警速度，宵夜攤關門了都趕不過來。」

沈星若將信將疑看了他一眼，腳步沒停。

然後陸星延特別老道地往後指了指，「不信妳看，那車肯定就直接開過去了……」

他話音未落，就見後頭警車轉進小道，然後——停了下來。

「靠！快跑！」

「真是見鬼了！」

夏夜風裡，有奔跑時粗重的喘息，有掠動的長髮，有夾雜在燒烤調料味裡，兩人靠近時不經意嗅到的少女馨香。

臨近十五日，天上月亮明晃晃。

沈星若帶著陸星延，一路跑向剛剛送石沁她們離開的地鐵入口。

兩人快速下了電梯，然後繞過檢票口，從相隔一個十字路口的其他地鐵入口鑽了出去。

隔著十字路口對角遠遠望向對面，燒烤攤那頭還隱約可見紅藍警燈閃爍，員警的身影倒是找不著了，也不知道是不是追了上來。

沈星若跑了一陣子，呼吸鈍鈍生疼，但還是沒有停歇地拉住陸星延轉進旁邊單行道，半跑半快走，時不時往後看。

陸星延說：「他們肯定不會追上來了，都已經跑這麼遠……」

「閉嘴。」

本來沈星若也覺得已經安全了，但陸星延這烏鴉嘴一開口，她又不放心了，拉著陸星延加速跑出單行道，跑到了另一條主路上。

以防萬一，沈星若特地拉著他穿過斑馬線，到馬路對面等計程車。

其實陸星延很冤枉，這些員警真的不是來抓他們的。

警察局接到熱心居民報警，燒烤攤附近的民宅內有人在做拉皮條為附近大學生提供性服務的生意，所以才在捉姦在床時刻迅速出警。

這群中二少年打架只不過是恰巧撞上了出警時間而已。

當然，陸星延和沈星若他們永遠也不會知道。

直到上車，沈星若才鬆了口氣。

「那傢伙……」

陸星延上車，想和沈星若解釋這突如其來的打架鬥毆。

可剛開口，沈星若就冷冷瞪了他一眼，「閉嘴。」

陸星延：「……」

沈星若不是不想知道來龍去脈，畢竟她從陸星延和那男生的對話中，隱約察覺到事情好像和自己有關。

但她怕計程車司機聽了弄巧成拙，把他們直接送去警察局。

這也不是沒有先例，星城的司機們酷愛行俠仗義，之前電視臺的午間新聞就播過，有位司機把疑似吸毒人員的乘客送到了警察局。

調查後大吃一驚，這乘客不僅吸毒，還以販養吸。

一路安靜，到了落星湖，沈星若才批准陸星延講話。

其實今晚這事也是湊巧。

星城說小不小，六個轄區，總計一萬多平方公里的面積，說大也不大，吃個燒烤都能在大學城附近遇上認識的人。

陸星延一行人到燒烤攤擺桌坐下後，就聽身後一桌啤酒、白酒混著吆喝。

剛開始也沒人當回事，直到桌上邊賀小聲說了句，「那個好像是六班的陳滔。」

許承洲和趙朗銘順著邊賀的話音望過去。

許承洲還沒聽出什麼，趙朗銘先變了臉色，罵了聲：「媽的！」

無他，陳滔和他的兄弟們正在討論女生，討論得很是粗鄙下流。

其中有個喝大了，還說起自己去上廁所時摸了某個女生屁股兩把，手感很銷魂什麼的。

很不巧，那男的說的正是趙朗銘前女友。

緊接著有兩三個男生笑得非常猥瑣，也提到了這女的是趙朗銘前女友，然後順著趙朗銘說到了他們一班的女生。

陸星延從手機螢幕上抽出神來認真聽的時候，陳滔正好說到第一次月考時碰到沈星若的事。

罵了頓沈星若假清高外冷內騷，還說什麼總有一天要搞得她下不了床。

陸星延一聽，二話不說直接掄了個啤酒瓶起身，滿身戾氣地砸到了他們桌上。

趙朗銘他們也都順勢起身幹架，其他幾個雖然還沒搞清楚狀況，但一瞬間也都熱血上頭，擼起袖子就是揍。

陳滔其實是真的不想惹陸星延。

可誰讓他倒楣，在外面喝酒說胡話都能遇上他。

而且人家不由分說上來就打臉，自己還有這麼多兄弟在這，總不能丟了面子，喊停兩句沒喊住，兩幫人就開始鬥毆了。

陸星延和沈星若複述的時候，略過了下流話的內容。

可將整件事複述一遍，他一路上好不容易歇下去的火氣，又止不住地蹭蹭蹭冒了上來。

「我和妳說，要不是來了人，我非得卸了他兩條手臂再磕掉他兩顆門牙，誰叫他一天到晚嘴巴不上鎖欠教訓。」

沈星若：「……」

果然是一群中二少年。

陸星延他表哥嚴防死守，大概也沒想過出了酒店吃個燒烤也能鬧出這麼多事。

可怎麼說，人家也是為了她打的架，這種時候也不好得了便宜還教育人家要遵紀守法。

於是她安靜聽著，一直聽他嘮叨進別墅區，才忽地叫停。

陸星延：「怎麼？」

沈星若：「你低一下頭。」

陸星延狐疑，但還是稍稍傾了傾身。

兩人站在鵝卵石小道上，旁邊是英式庭院路燈，燈影細碎。

沈星若稍稍踮腳，幫陸星延整理了一下亂掉的頭髮還有衣領。

忽然，她手一頓，又湊近嗅了嗅，問：「你喝了多少酒，我怎麼聞到了白酒的味道？」

「我沒有，」陸星延扯著T恤自己聞了一下，嫌惡道，「我只喝了幾瓶啤酒，白酒是那群智障喝的，我真的沒喝。」

那就是打架的時候沾上的。

沈星若又說：「等一下如果在客廳見到了裴姨，你不要講話，也不要靠近，反正等我打完招呼，你和我一起上樓就行了。」

陸星延「嗯」一聲，又敷衍地點了下頭。

沈星若的設想沒有派上用場。

裴月根本就沒在客廳，而是在二樓多功能影廳看一個外國電影。

電影主題比較沉重，講人口拐賣。

裴月看得一把鼻涕一把淚，然後在心底默默發誓要對小朋友們好一點。

沈星若過去打招呼的時候，裴月還拿著面紙在擦眼淚。

見沈星若進來，她連忙從包裡拿出兩張票塞進沈星若手裡，還一抽一抽地說：「若若，裴姨今天去逛街，商場送了兩張遊樂園的票，妳和陸星延去玩，好好玩啊。」

她說話帶著哭腔，眼裡冒著淚花，沈星若都產生了一種那間遊樂園是豺狼虎豹之地有去無回的錯覺。

出了影廳，陸星延頗為自然地搭上沈星若肩膀，又看了一眼沈星若手裡的票，問：「這是什麼？」

「商場送的遊樂園門票，」沈星若邊說，邊拍了一下他的手臂，「鬆開。」

陸星延毫無防備，忽然輕「嘶」了聲。

見他滿臉吃痛，沈星若又按了一下剛剛自己拍過的地方，陸星延這次「嘶」完，還倒抽了一口氣。

沈星若：「你受傷了？」

「妳胡說八道什麼。」

死鴨子嘴硬。

沈星若懶得聽他辯解，「你先洗澡吧，等一下我來找你。」

陸星延狐疑地打量她，「妳找我幹什麼，剛放暑假不會又要補習吧。」

或者是陪睡？

沈星若沒理他，先一步上樓了。

二十分鐘後，陸星延洗完澡，沈星若如約過來敲門——

「咚咚咚。」

陸星延走過去，將擦頭髮的毛巾隨意搭上脖頸，騰出一隻手擰開門鎖。

沈星若也洗了澡，換了身鵝黃色睡裙，手上還提著醫藥箱。

沈星若也不是第一次進陸星延房間了，熟門熟路地走到床邊，然後又示意他過來坐下。

還沒等陸星延問什麼，沈星若就朝陸星延被打到的地方輕輕按了一下。

陸星延下意識皺眉。

沈星若問：「除了這裡，還有沒有其他地方受了傷？」

「沒有，我說了沒事，就是撞了……嘶！」

陸星延話還沒說完，又被按中後背某塊淤青的地方，忍不住抽氣。

沈星若也懶得再四處按了，先幫他捲了短袖，將手臂後的那塊淤青處塗上藥膏，然後又讓陸星延自己撩開衣服，方便她塗後背。

陳滔人高馬大兇神惡煞的，據目測體積是陸星延的一點五倍，被陸星延揍成那鬼樣子，不在陸星延身上也留點傷實在說不過去。

但陸星延能忍，說白了就是更能裝，硬是撐了一路眉頭都沒皺一下。

沈星若幫他塗著藥膏，他的嘴上還不停為自己辯解，生怕自己高大的形象在她心中有所損傷——

「今天是場地限制，不然我一個人幹翻五、六個也不是問題。」

「這點傷算什麼，我真的是懶得避，根本就不重，那幾個弱雞。」

辯解半天沒聽沈星若出聲，陸星延換了個話題——

「欸對了，妳知道打架要贏的祕訣是什麼嗎？想不想聽？」

祕訣是誰的姿勢比較帥誰就贏了？

沈星若心裡吐著槽，但顧念他的衝冠一怒為同學，嘴上可有可無地「嗯」了聲。

陸星延就很有興致地說起來了，「妳看過《三國演義》吧。」

沈星若頓了下，再「嗯」一聲。

陸星延：「溫酒斬華雄那個回合記不記得？」

名場面，當然記得。

十八路諸侯討伐董卓，董卓命華雄出戰，諸侯連派數員大將迎戰，皆被華雄斬於馬下。

最後還是當時僅為小小馬弓手的關羽主動請纓應戰，諸侯並不看好關羽，只有盟主曹操看好，溫酒為其壯行。

但關羽沒喝，只待等他斬完華雄再說。

等他提著華雄的頭顱回來，酒還溫熱，是為溫酒斬華雄。

「……他們前面派出去那些潘鳳什麼的，他們都喝了酒，你說一碗酒下去還打什麼打？只有關羽沒喝酒就出去了。」

「其實今天那群智障人還比我們多四、五個，但他們都喝了酒，我們沒喝，所以打架要贏的祕訣就是不喝酒。」

「……」

她一時都不知道陸星延這是在自比關羽，還是在顯得自己有文化硬是歪出了一套這種理論。

陸星延：「妳怎麼不說話？」

沈星若：「……」

「我只是沒想到有一天，你能從文學角度和我論證打架要贏的祕訣。」

陸星延：「……」

藥已經塗好了，沈星若想要起身去扔棉花棒，陸星延忽然又喊：「等一下，這邊還有。」

他指了指左邊腰側。

沈星若本來只看他的背，也沒注意那麼多，這時望過去，腰側是有一小塊淤青，她換了根新的棉花棒，沾上些藥膏，忽然又頓了頓。

兩人是坐在床角的位置，沈星若在他右側，要塗左腰要換一邊。

想了想，沈星若起身坐到了陸星延的左邊。

距離忽然拉近，剛剛只能看到陸星延的背，這時幫他擦藥，更多的是能看到他精瘦的腹肌。

沈星若想要保持目不斜視，卻又總是不經意地從他小腹上掠過。

沈星若心不在焉地上著藥，陸星延又撈起手機，在群組裡和狐朋狗友們互報平安。

李乘帆他們幾個都在傳語音訊息。

陸星延也傳了則語音訊息，重複一遍之前和沈星若放過的狠話，「要不是來了人，我非得卸他兩條手臂再磕掉他兩顆門牙，誰叫他媽一天到晚嘴巴不上鎖欠教……」

話還沒說完，陸星延忽然又倒抽一口涼氣。

轉頭望去，沈星若正冷冷瞪他，眼神好像是在說「你這傷殘人士可別忙著吹牛了」。

狐朋狗友們從語音中聽出一絲絲不對。

連忙揪著問：『延哥你怎麼了？』

陸星延回過頭，不慌不忙回一句，「哦，沒事，被我家養的孔雀啄了一下。」

沈星若聽到這話恍了神，棉花棒忽然一折，從她指尖彈著掉落到了……陸星延的腿間。

陸星延說完語音，本來還要和沈星若說點什麼，低頭望見腿間棉花棒，怔了怔。

氣氛就在那麼一瞬間變得曖昧起來。

群組裡依舊熱鬧，陸星延卻沒再打開訊息。

他下意識轉頭，覷了眼沈星若，發現沈星若……好像有點臉紅。

他迅速想起上次天降福利的事情，行動快過腦速，不經思考便照著上次的流程說了句，「沈星若，妳好像臉紅了。」

順便還湊近打量。

可這次沈星若沒說「再看就親你」，而是非常實誠地「嗯」了聲，然後解釋，「我在KTV的時候喝了啤酒，現在腦袋有點暈。」

騙鬼吧。

啤酒哪有這麼大效果。

吃了春藥都沒這麼紅。

陸星延雖然不怎麼信，但湊近看到沈星若的臉有些紅撲撲的，然後她還裝作一副雲淡風輕的樣子垂眼擦藥，莫名覺得有些可愛。

他感覺這啤酒效果是有點大，可能是加了料什麼的，因為他現在好像也有點腦袋不太清楚。

於是他仗著腦子不清楚問了句，「沈星若，問妳一個問題，妳有沒有談過戀愛？」

沈星若一頓，「你問這個幹什麼。」

「問一下也不行？」

沈星若還是垂著眼，塗好了藥膏，把他的T恤往下拉了拉，然後面無表情地說了兩個字，「沒有。」

「我就知道。」說是這麼說，陸星延心裡還是莫名鬆了鬆，靜默兩秒，他又鬼使神差問了句，「那妳想不想談？」

第二十章　童話鎮

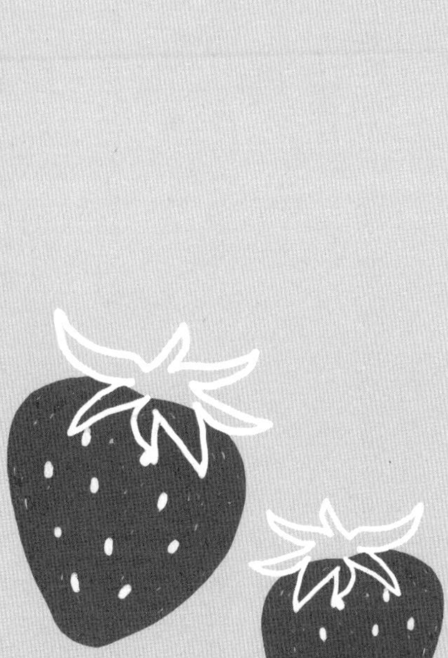

憋了許久的問題脫口而出後，陸星延發現心跳不爭氣地開始自行加速。

沈星若也不知是沒有反應過來還是其他，好幾秒都沒說話。

忽然，她像是想明白了般，又發出一串來自靈魂深處的拷問：

「談戀愛能拿年級第一嗎？」

「雖然我能拿年級第一，但對方也能拿年級第一嗎？」

「如果拿不到那就是成績不如我，成績不如我還想做我男朋友，他難道不該感到羞愧嗎？」

陸星延：「……」

——不，在妳說出這些話之前，我是沒有感到羞愧的，雖然現在也沒有感到羞愧。

「……那妳的意思是，妳如果談戀愛的話，男方成績要比妳好？」

沈星若沒說話。

陸星延緩緩神，又自行推理了一番，「那妳高中沒有早戀的希望了，明禮都沒有成績比妳好的男生……所以妳是想上大學之後再找男朋友？」

推理到前半部分的時候，陸星延還稍稍放心了一下，畢竟他不行，那明禮其他男生也不行。

可推理到後半部分，他整個人就不太好了。

沈星若確實厲害，但人外有人天外有天，到了大學——

他想到一半，沈星若又打斷說：「客觀上來說，高中也並不是沒有早戀的希望，我雖然是年級第一，但理組班不是也有年級第一嗎，而且還有高三開學，又多了高一、高二的學弟。」

……您可真是嚴謹。

陸星延：「妳下手是不是有點遠？」

「不是，我覺得妳這樣不行沈星若，戀愛和成績是沒有關係的，妳不能拿成績當標準去找男朋友妳知道嗎，有些人他雖然成績不好……」

「有些人雖然成績不好，四百分都考不上，但會打架會敗家，是男朋友的不二選擇？」

沈星若順著他的話接上。

陸星延一頓，立刻否認，「不，我沒有說我。」

沈星若沒理他，提著醫藥箱起身。

可陸星延忽然也跟著起了身，拉住她的手腕，然後像被下了降頭似地反口道：「不對，我就是說我。」

「……」

沈星若沒有想過他會承認。

換句話說，她雖然隱約有所猜測，但並不是那麼確定……以及，她現在也不確定陸星延這句話的意思是……

手腕上的溫度有些灼人。

空氣是渾然靜默而又不安分的。

兩個人都沒再說話。

正在這時——

門口傳來「篤篤篤」的魔鬼敲門聲。

兩人不約而同神經一緊。

好在為了防止裴月如入無人之境般隨意進出房間，陸星延順手上了鎖。

裴月轉了兩下沒轉開，乾脆就站在門口如泣如訴道：「陸星延，你睡了嗎？我本來想找星若說說話，可敲她房門沒聲音，大概是睡了。」

陸星延下意識回答，「媽我也睡了，我剛上床。」

沈星若：「……」

陸星延做戲做全套，還拉著沈星若到床頭，把燈給關了。

裴月：「沒事，你不用幫媽媽開門，媽媽就是今晚看了個電影，有點感慨。」

「媽媽平時對你實在是太惡劣了！兒子，你千萬不要怪媽媽，愛之深責之切是不是，媽媽也是希望你能成材，希望你能出人頭地……」

陸星延：「……」

沈星若：「……」

裴月邊抽泣邊站在門口嘮叨，並且這嘮叨的架勢似乎沒有要停止的意思。

裴月這真情實感的，陸星延也不好說「媽妳別吵了我真的睏了」，可眼下他也不好去開門，沈星若這麼個大活人在這，他房間連浴室都是半透明的磨砂門，根本就沒地方藏人。

於是只好和沈星若兩人站在床頭，耐心等待裴月說完離開。

今晚月色很好。

屋裡暗下來，窗外的天空更加顯得明淨如洗，像是一塊上好的深藍色綢緞，上面綴有皎皎明月，還有數點明星。

星月溫柔如水，落在屋內，光亮淺淡，兩人面上都鍍上了一層柔和的光輝。

他們離得很近。

明明地方是寬敞的，可都好像走不動般，面對面站著，呼吸間是彼此身上都有的青草味道。

沈星若始終垂著眼，沉默記錄心跳的頻率。

陸星延也垂著眼，正在看她。

然後伸手，想去碰她的指尖——

忽然，裴女士又提高了聲音，「……都怪媽和你爸！媽和爸只有你這麼一個兒子！小的時候不敢打也不敢罵！不然也不會把你寵得無法無天不務正業不學無術……」

「……」

陸星延收回了手。

沈星若聽了門外裴月的自罪陳詞，抬頭看了陸星延一眼。

陸星延腦袋本就微低，沈星若這一抬頭，兩人距離倏然拉近，呼吸都變得親近起來。

陸星延下意識地，試探著再低一點，再低一點……

又是振聾發聵的一聲——

「你放心！媽以後絕對改過自新，不再抨擊你考不上四百分，努力督促你考上四百分……」

與此同時，沈星若往後退了一下。

陸星延：「……」

離和沈星若接吻，只差一個安靜的媽。

陸星延終於忍不住了，打斷道：「媽，妳這麼後悔，不如把生活費先還給我吧？」

門口的裴女士抽泣的聲音忽地停止。

她好像也抒發完自己的觀後感了，轉瞬之間就變得冷漠，「期末考試的成績還沒出來，誰知道你有沒有考四百分，行了你的文學和藝術涵養也理解不了你媽看完這部電影之後複雜的心情，你睡覺吧。」

「……」

陸星延忽然後悔。

早知道提起生活費就能勸退太后娘娘，他應該早一點提的。

太后娘娘已經走了。

氣氛也已被破壞殆盡。

沈星若開了燈，然後就像什麼事都沒發生過一般，提著醫藥盒離開了他的房間。

只不過晚上躺在床上，沈星若翻來覆去都睡不著。

她從床頭櫃摸到手機，又從抽屜裡翻出一副耳機戴上，然後搜尋：〈私奔到月球〉。

相隔一個樓梯間的另一間房裡，陸星延和沈星若一樣也睡不著。

不過他睡不著的時候一定要拉幾個人出來墊背，於是就在群組還在用語音暢快聊天的時候，很突兀地傳了一句文字——

『我和沈星若告白了。』

群組裡有那麼幾秒鐘像是集體掉線般悄無聲息，緊接著又像訊息延遲剛剛顯示般開始爭先恐後地瘋狂占滿螢幕。

許承洲：『（黑人問號臉.jpg）』

李乘帆：『@陸星延，延哥你被盜號了？』

邊賀：『……』

趙朗銘：『excuse me？什麼情況？告白了？怎麼告的？成功了？』

李乘帆：『那可是沈星若啊，成功個屁！』

許承洲：『但是沒成功陸少爺怎麼會吱聲呢？』

李乘帆：『你說的很有道理，我竟然被你給說服了。』

邊賀：『我覺得是延哥傳訊息跟沈星若告白了，然後沈星若還沒有回覆，他在等沈星若回覆的同時順便在群組裡通知我們一聲。』

李乘帆：『你說的更有道理，我也被你說服了。』

之後群裡就完全無視陸星延，順著各自的推測展開了N種版本的劇情。

有一版是他們已經在酒店，沈星若在洗澡，陸星延傳這個訊息是為了向他們炫耀。

陸星延看了半天，終於再次冒泡——

陸星延：『你們不去寫遊戲的腳本可真是浪費人才了。』

由於這幫狐朋狗友並不知道他們現在住在一起，陸星延決定採用邊賀的推理版本，然後將他和沈星若關於談戀愛的討論縮略成了簡單聊天對話，複述了一遍。

陸星延：『我說完「就是說我」之後，她就沒有回覆了。』

群組安靜地看他複述完事情經過，然後過了大概有十五秒，終於有人冒泡。

許承洲：『恕我直言，這彷彿就是拒絕的意思。』

李乘帆：『加一。』

趙朗銘：『我覺得你的意思也沒表達得非常清楚，可能沈星若沒有把你這話理解成告白。』

邊賀：『還有可能她手機沒電了、斷網了，等等。』

趙朗銘：『對，不過最有可能的還是拒絕。』

邊賀：『我也這麼覺得。』

「……」

陸星延：『你們滾吧。』

暑假就這樣在一個失眠夜裡靜悄悄地拉開帷幕。

次日兩人都日上三竿才起床，坐在樓下邊看新聞邊吃飯，目光也全無交匯。

吃完飯，裴月去外面澆花，順便打電話給她的小姐妹。

沈星若去冰箱拿牛奶。

陸星延也不動聲色起身，走到沈星若後面。

見他過來，沈星若問：「你也要？」

陸星延敷衍地「嗯」了聲，又咳了咳，說：「我開玩笑的，妳不要介意。」

沈星若稍頓，盯著他看了兩秒，「什麼？」

「就，昨晚說男朋友的事情。」

他思考了一整晚，覺得沈星若現在可能對他還沒有什麼感覺，強行要一個答案的話，可能會搞得很不愉快，說不定下學期開學，她都不願意住去星河灣了。

這就很得不償失。

不如先把這件事輕輕揭過，再慢慢展開追求，反正近水樓臺日久生情什麼的，他機會還是很大的。

沈星若一臉終於想起來了的表情，又問：「噢，我有什麼需要介意的嗎？」

陸星延自行理解了一下她的意思，大概就是——你想當我男朋友那你就想著吧，關我屁事。

男朋友。

忽然就感覺有一口老血哽在了喉嚨裡。

他默默咽下去，點點頭，不以為然道：「嗯，妳不介意就好，嗯……」

相安無事地過了兩三天。

某天吃晚飯的時候，裴月突然提起一件事，「今天幾號了，欸若若，我上次給妳的那個遊樂園的票，是不是明天就是最後一天了？」

沈星若回想了一下，「好像是。」

裴月：「那你們閒在家裡也是閒著，明天去玩了吧，平時正常價買要四、五百，週末要六、七百呢，明天也不是週末，人肯定不多。」

沈星若還沒說話，陸星延就邊夾菜邊應了聲，「好啊。」

沈星若看了他一眼，想了想，也沒什麼好說的。

於是去遊樂園的事就這麼愉快的決定了。

「童話鎮」是星城四大主題樂園之一，去年剛剛落成，以六個耳熟能詳的童話故事為背景，建成了六大遊玩區域。

例如水上樂園被命名為美人魚，迷宮鬼屋等探險區域被命名為綠野仙蹤。

沈星若提前查了一下攻略，童話鎮入門有兩道安檢，除了水其他食物都不能帶。

這點其實可以忽略，畢竟她和陸星延都不是那種願意揹一整包有的沒的出門的人。

遊玩的部分略顯複雜，看了好幾個攻略，網路上都是建議遊客在八點開園前一小時到達，提前排隊。

然後還要在安檢的同時掐著時間登錄「童話鎮」ＡＰＰ，搶ＦＰ快速票，先去某個設施，再去另外某個設施……

沈星若看了幾分鐘就直接關了。

一切隨緣。

陸星延也不是沒有做功課，只不過他的攻略著重在了晚上八點半，蒿苣姑娘塔樓的那場煙火秀上。

他直接在某個男生聚集的籃球論壇閒聊版提問：『帶女朋友去星城的童話鎮，請問哪個地方看煙火會比較浪漫？散財八八八金幣。』

不願透露姓名的紅領巾：『那必須是野天鵝區的摩天輪啊，建議坐八點過十分那一趟的摩天輪，八點半正好到達最高點，煙花綻放的同時來個 kiss，兄弟你感受一下。』

我的腹肌能碎石：『雲霄飛車！夜鶯雲霄飛車不能沒有姓名！不過前提是兄弟你能玩這種刺激的設施啊！九十度垂直衝下來的時候你得抓住女朋友的手知不知道！記得噴點髮膠！這個設施晚上也有照片抓拍！髮型不能亂！你想像一下煙花砰砰砰，然後你抓著你女朋友的手從最高點衝下來！照片喀嚓一下，妥了！romantic！』

拜倒在然寶的石榴裙下：『不是我說，兄弟們，主要還是看女朋友是什麼意思知道嗎，我和我女朋友（剛交往半個月）去童話鎮玩的時候啊，快放煙火的時候，我買了桶爆米花給她，站在花壇旁，然後掐著點捂住她眼睛說送她一驚喜，放煙火的時候再鬆開，把人感動得稀哩嘩啦的，晚上童話鎮睡美人套房走起，不多說，我就幫到這了。』

不到十分鐘，「睡美人套房」的這則留言就被頂到了最多讚。

陸星延看得心猿意馬，把金幣給這三位分了分，然後就起身挑明天出門的行頭了。

第二天，豔陽高照，陸星延是被窗簾縫隙裡漏進來的陽光照醒的。

還不到八點，他洗漱完換了衣服，下樓。

走到樓梯轉角處的時候，他發現沈星若已經在樓下吃早飯了。

陸星延看了一眼自己身上的衣服，然後又看了一眼沈星若的衣服，悄無聲息地轉身回房。

他原本以為沈星若去遊樂園會穿得粉嫩一點，所以特地找出一件粉色的T恤給自己套上。

結果沈星若穿了一身黑色T恤搭牛仔短褲，桌邊還放了一頂白色棒球帽。

他火速換了身衣服，又順手拿了頂帽子往樓下走。

裴月邊喝粥邊滑手機，見陸星延下來，瞥了一眼，也沒在意。

只不過當陸星延落坐到沈星若對面後，裴月又抬了抬眼，目光在兩人之前來回逡巡了幾遍，忽然說：「還挺巧啊，你們穿了兄妹裝，不錯。」

沈星若正喝著牛奶，差點嗆住。

陸星延則默了默，沒有多說。

吃完早餐，兩人出發。

「童話鎮」在南邊郊區，開車過去還不如搭地鐵來得方便，所以兩人也不要劉叔送，出門搭了地鐵。

兩人都穿著黑色T恤和牛仔褲，就連球鞋和棒球帽也都是白色的，男俊女靚，坐在地鐵上很是引人注目。

天氣熱，地鐵上開了冷氣。

站程很長，沈星若坐了一會兒就覺得有點冷。

陸星延總算是做了一次貼心的事，從包裡翻出一件襯衫外套，讓沈星若蓋腿。

附近剛好有小情侶在吵架，女生看到這一幕更是怒上心頭，狠狠踩了自己男朋友一腳，「你瞧瞧人家，我真的是要窒息了！竟然瞎了眼找了你這樣的男朋友！沒別人帥沒別人高還沒別人體貼！不過就是想吃個日本料理你都不肯陪我去，你就是個渣男！」

然後在某一站停下的時候怒氣沖沖跑出去了。

陸星延和沈星若都沒注意那對情侶。

只不過陸星延抬頭的時候，發現自己被一個男的瞪了一下。

莫名其妙。

九點半，陸星延和沈星若終於到達童話鎮。

走出地鐵站，外面已經很曬了。

沈星若噴了些保濕水和防曬噴霧，見陸星延眼巴巴看著，她幫陸星延也噴了一點。

邊噴她還邊說：「聽說夜鶯雲霄飛車和穿梭時光隧道是比較熱門的設施，我們先把熱門的玩了吧。」

陸星延：「隨妳。」

沈星若：「你能玩嗎？夜鶯雲霄飛車是懸浮式雲霄飛車，而且會有九十度垂直下降，穿梭時光隧道的速度很快，最高時速達到了一百四十公里每小時。」

陸星延：「妳在說什麼笑話？」

沈星若收起噴霧，想起什麼般點點頭，「哦，也對，除了讀書，延哥什麼都會。」

——這是生日聚會那晚男生們說的。

說完沈星若就錯開陸星延往前走，在陸星延看不見的地方，心情很好地翹了一下唇角。

陸星延：「……」

熱門設施排隊的人肯定很多，沈星若的安排還是比較合理的。

只不過當兩人走到檢票口的時候，這些合理的安排通通不再奏效。

分隔柵欄呈Z字形排列，兩列安檢，然後排滿了大約有一個明禮操場那麼多的人。

毫不誇張。

就是有那麼多。

沒等陸星延和沈星若遲疑，兩人就被人流擠進了排隊的隊伍。

他們還沒發出來自靈魂的拷問呢，旁邊已經有人替他們發出來了——

「今天怎麼人這麼多，不是工作日嗎？不用上班？」

「我也以為工作日沒什麼人呢。」

「所以大家都覺得工作日沒人然後都跑來了是吧。」

陸星延與沈星若：「……」

前面人山人海，起先沈星若心態還很好，特別平靜地和陸星延說：「沒事，雖然人多，但前進速度還可以，我看半個小時就差不多了。」

陸星延有點懷疑。

但學霸都這麼說了，他也沒什麼可質疑的餘地。

於是安分地排了半個小時。

半小時後，兩人前進了兩列隊伍，離安檢票口還有八列隊伍的距離。

沈星若再次平靜道：「前面有很多人都不願意排已經走了，我覺得再過半小時應該就差不多了。」

陸星延再一次信了她的邪。

當然，半個小時後他們還是沒有通過檢票。

他們在烈日驕陽下曬了足足兩個小時，期間還伴隨著插隊、小孩哭鬧，甚至是有人站到突然噁心嘔吐等各種突發狀況——終於看見了檢票閘門的曙光。

沈星若感覺兩條腿都已經不是自己的了。

可她是個倔強的小姑娘，排隊的話是她自己放的，肯定是要死撐到底。

所以陸星延在問了一圈狐朋狗友得知「童話鎮」加錢可以升級成無需排隊的快速票後，鬆了口氣。

和沈星若商量道：「等一下進去我們升個快速票吧，不用排隊，只要六百塊。」

沈星若問：「你有錢？」

「沒有，但妳不是有嗎？」

陸星延特別坦蕩。

得知沈星若不用生活費後，沈光耀已經不再直接匯生活費給她，而是轉交給裴月，由裴月每個月定時給。

加上之前那麼久都沒用的，沈星若現在算得上是一個貨真價實的小富婆。

只不過小富婆馬前失蹄，沒想過還要加錢買快速票，所以只帶了三百塊出門。

當然，這種事情她是不會告訴陸星延的。

她只冷冷瞪著陸星延，說：「都已經排了兩個小時了，你現在要升級快速票，那之前的隊不就白排了嗎？這和運動會跑一千公尺你跑到最後的黃線前停下來休息有什麼區別？」

「陸星延你這人做事怎麼就這麼喜歡半途而廢一點都不懂得堅持，怪不得上次你期中只考了三九八，後面第二次月考、第三次月考都沒能考上四百，明明離四百只有一步之遙你卻輕易放棄，你這種人是永遠不會獲得成功的。」

陸星延：「……」

不是。

這不太對吧。

後面玩設施也要排隊能這麼比較嗎？

他一頭霧水，本來想說她要是沒帶錢那就先讓許承洲轉帳一點過來。

可她這麼義正言辭地指責訓斥一番，彷彿升級個快速票就是犯了十惡不赦的死罪一般，他也不敢提了。

消化半天，他點點頭，「那好吧，不升級、不升級。」

進到遊樂園以後，倔強小姑娘和她的小跟班很快便體會到不升級的人間真實。

他們去到的第一個設施是夜鶯雲霄飛車，APP上顯示排隊時長為九十分鐘。

沈星若不信，邊走邊跟陸星延有理有據地分析了一遍，然後得出一個「九十分鐘是園區保守估計」的結論，並推測實際等候時間應該減半。

陸星延反正沒有話語權，索性嗯嗯啊啊敷衍了兩聲。

走到夜鶯雲霄飛車的排隊入口，APP排隊時長和門口的排隊提示牌，已經將等候時間刷新到了一百分鐘。

陸星延看了一眼沈星若，忍不住問：「妳確定？」

沈星若上下掃他一眼。

沒等她說話，陸星延就妥協了，連忙比了個OK的手勢。

他懂，四百分都考不到的人是沒有資格質疑年級第一的。

說起來，陸星延也從未如此迫切地期待過開學了。

因為開學他才能拿到期末考試的成績，才能洗刷四百分這個門檻加諸在他身上的諸多屈辱。

穿過小巷庭院，兩人終於來到雲霄飛車的排隊點。

依舊是Z字形的柵欄分隔，只不過排隊的隊伍只有短短三列，人真的不是很多。

不到二十分鐘，陸星延和沈星若就排到了第一列。

前方有一扇幽暗的門，門上方懸著一塊歌德風的木牌，上面寫著六個字——國王的小花園。

陸星延隨口道：「怎麼這麼快，不會進到這裡面還要繼續排隊吧？」

沈星若：「……」

五分鐘後，陸星延的烏鴉嘴靈驗了。

他們跨過那扇門，進入了國王的小花園。

小花園布置得很漂亮，周圍有假花假草，牆壁上也都投影著花草景致，頭頂則是投影出一片璀璨星空。

這是入夜的花園，夜空不時劃過一道流星，花草間也有蝴蝶徘徊。

很美。

但再美又有什麼用，還不是要排隊？

所謂國王的小花園，就是一個漂亮的、有冷氣的排隊場所。

比起在外面排隊要涼快很多，人也要多很多。

四十分鐘過去了，眼見前頭只餘兩列隊伍，陸星延又開口了——

「沈星若，妳說前面還會不會有國王的大花園？」

不等沈星若瞪他，和他們一起排隊的人目光都唰唰唰集中到了他身上。

其中某位剛把女朋友哄好的男士眼神最為犀利。

陸星延和他對視的瞬間，一秒便從他的眼神裡解讀出了「兄弟你快閉嘴吧」的深層含義。

一刻鐘後，陸星延的烏鴉嘴再次靈驗了。

隊伍盡頭又是一扇幽暗的門，入口上方懸掛木製指示牌——國王的大花園。

大花園比小花園更漂亮了，是白日花園的景致，也更大了，排隊人數大概是小花園和小花園外排隊人數的總和。

他們卡在一個非常尷尬的位置。

前面人山人海，後面人海人山，想要退出去要穿越重重阻礙。

況且陸星延是萬萬不敢再提「別排了」、「出去算了」這一類的話，免得又要被教訓喜歡半途而廢永遠不會獲得成功。

但此時此刻，沈星若是真的不想排了。

不過話是她放出去的，她又從來沒做過自打耳光的事，所以一直默默等待陸星延開口，給她一個臺階。

為了這個臺階，她還時不時暗示：

「陸星延，我有點累。」

「陸星延，空氣好像有點不流通。」

陸星延：「我也是。」

陸星延：「我也覺得。」

沈星若：「……」

她放棄了，並且拒絕再和陸星延進行任何交流。

陸星延也不在意，鬆散地靠牆玩了一陣子手機。

等他再次抬頭的時候，不經意瞥見沈星若抿著唇，腦袋低垂，時不時還抬腿活動。

她綁起來的蓬鬆馬尾在無止境的排隊中已經散落不少，一綹髮絲落在她細瘦的臉頰上，看起來竟然好像有點委屈。

陸星延稍怔，忽然收起手機，站直了，拉了一下沈星若的小臂。

沈星若腳底很痛，從腳尖到腳後跟，硬邦邦的。忽然被往後一拉，她踉蹌著退了退。

好不容易站住，她轉身問：「你幹什麼？」

陸星延目光往下垂，示意道：「踩上來。」

沈星若沒聽懂。

陸星延又說：「妳不是腳痛？踩到我鞋上休息一下。」

這樣有用？

沈星若遲疑地伸出一隻腳，腳尖搭上他的腳尖，然後又搭上另一隻。

好像真的輕鬆了一點。

見沈星若重心不穩，有往後仰的趨勢，陸星延又伸手，將她腦袋往自己胸膛上按了按，「靠一下吧。」

沈星若：「……」

這種感覺很奇妙。

隔著薄薄一層T恤，她能感受到陸星延身上的體溫，也能聞到淡淡的，屬於陸星延的味道。沐浴乳的淡香，還有一點點菸草味。也不知道他什麼時候又偷偷抽菸了。

慢慢地，沈星若嘗試著不那麼緊繃，將身體重心都靠在陸星延的胸膛上。

不得不承認，他的胸膛很溫暖也很安全，像是在人潮湧動中，為她築起了一道堅實的城牆，圈出了一塊可以卸下渾身疲累的避風港。

沈星若不由得生出一種被保護的感覺。

上一個給過她這種感覺的人，是曾經的沈光耀。

其實陸星延也已經站得沒什麼知覺了，但沈星若靠過來的瞬間，他忽然覺得疲累頃刻消散再站八個小時都不是問題！

他們最終還是排到了夜鶯雲霄飛車這個設施。

——在實打實的一百分鐘過後。

兩人坐在同一排，鐵軌在他們頭頂，腳下是一片懸空，安全鎖扣自動落下的瞬間，行動自由也被限制，往下那麼一望，是有些恐怖。

陸星延揉了一把沈星若的頭髮，「沈星若，妳別怕，怕的話就抓住我的手臂，隨便妳掐。」

沈星若：「……」

她不怕，她現在只想趕緊玩完出去找個地方休息一下。

可陸星延以為她是已經怕到失去面部表情，又勸，「妳放鬆一點，真的不恐怖，妳儘管叫就好了，我不會嘲笑妳的。」

沈星若冷冷睇他，「叫什麼叫，幼不幼稚。」

沈星若說不叫就不叫，面無表情冷著張臉。

不知道的大概以為她是遊戲體驗員，一天坐八百次早坐到沒感覺了。

沈星若的確不怕，但也不是一點感覺都沒有。雲霄飛車行進到垂直高速下落的最高點時，她閉上眼。

驕陽熱烈，風聲喧囂，就在加速的一瞬間，強烈的失重感讓人心頭重重一跌。

與此同時，她的左手忽然被人握住，掌心脈脈溫度流入她的身體。

她在四面八方呼嘯而來的高分貝刺耳尖叫聲中聽到一句，「沈星若，別怕啊，我在。」

他的聲音一如既往慵懶散漫，卻又帶著安撫意味。

沈星若忽然睜開了眼。

當整個世界呈垂直視角展現在她眼前時，她稍稍偏頭，然後就看到陸星延半瞇起眼，唇角微往上翹，恣意擁抱著風和陽光。

後來很多年裡，當她已經夜夜靠在陸星延懷中入眠時，她依舊會反復想起那個畫面。

夏日晴天，風吻過他的側臉。

那一刻沈星若的心跳動得很快，一半是因為垂直下落的刺激體驗，另一半是因為身邊那個在竭力給她安全感的少年。

恍惚間沈星若覺得，全世界都應該喜歡十七歲時的他，她也一樣。

從夜鶯雲霄飛車下來的時候，已經下午一點半，陽光正是熱烈。

兩人早上八點多出門，竟然到下午一點半才結束第一個設施。

沈星若累到說不出話，在雲霄飛車出口外的長椅上坐著休息。

陸星延倒體力好，還有功夫在紀念品商店閒晃。

沈星若休息了五分鐘，正想起身去找陸星延，陸星延剛好從商店裡出來，手裡拿了一杯冰的可樂。

他將冰可樂遞給沈星若。

沈星若問：「你只買了一杯？」

陸星延心不在焉點了點頭，坦承道：「沒錢了。」

沈星若：「……」

已經窮到這地步了？

陸星延：「這遊樂園真是絕了，什麼都特別貴，這種機器摻冰塊的可樂肯德基才八塊五一杯，這邊賣二十五。」

沈星若：「……」

這位大少爺的人生中竟然出現了「貴」這個概念。

她放下可樂，又拿出錢包遞給陸星延，「我還有錢，你去買吧。」

陸星延瞥了一眼，沒接，心不在焉地說了聲，「沒事，妳喝，等一下許承洲就匯錢過來了。」

然後又坐到她旁邊，手臂搭上她後背的座椅邊緣，

沈星若低頭看著這杯耗盡陸星延所有身家的可樂，實在有點喝不下去。

她頓了頓，乾脆將蓋子揭開，自己喝完，又換了個邊，遞給陸星延，「給你，這邊我沒喝過，你喝吧。」

陸星延垂下眼瞼，忽然爽快地從她手裡接過可樂。

沈星若見他接了，也沒再盯著他，轉而去看「童話鎮」的ＡＰＰ。

就在她移開目光的剎那，陸星延也悄無聲息地將可樂轉了個邊，沿著沈星若喝過的地方喝了兩口。

然後他得出了一個結論：二十五的可樂就是不一樣！清甜可口消緩疲憊實乃居家旅行必備之良品！

話說回來，其實陸星延真的沒到全部身家只剩二十五就敢出門的地步。

他手機行動支付裡還有三百多塊，但他剛剛在商店裡買抓拍照片，三十五一張，非常天價。

他本來只想買一張做紀念，可抓拍到他和沈星若的每一張竟然都非！常！好！看！

有一張拍到了他們交握的手。

有一張拍到沈星若在看他。

有一張拍到沈星若在笑……

All in！必須All in！這麼好看的沈星若他必須擁有！

買完一疊照片他還傳了訊息給許承洲息，讓許承洲快點匯錢過來，他今天必須要承包沈星若的所有周邊！

五分鐘後，陸星延收到了許承洲轉來的兩千塊贊助費。

他一下子充滿精神，接過沈星若的手機，認真研究了一下APP上的設施地圖，說：「摩天輪我們晚點再過去吧，聽說摩天輪上看夜景不錯。」

接個吻就更不錯了。

然後他又說：「不然我們先去愛麗絲夢遊仙境，好像是個迷宮。」

主要是剛剛他問了一下紀念品商店的工作人員，工作人員說這個設施抓拍效果很好。

沈星若一看排隊時長，七十五分鐘。

她心梗了一下，面不改色拒絕道：「看起來很無聊，一點也不刺激。」

原來她喜歡刺激的設施。

沒等陸星延再指一個設施，沈星若先開口說：「我有點餓了，我們先去吃飯吧。」

也對，已經一點半了。

陸星延應了聲「好」，然後兩人起身，在園區內隨意找了家餐廳。

童話鎮的園方也是很奇怪，不知道是抱著「反正也不會來第二次那麼一次就要宰個夠」的心態，還是吃準了大家出門時「來都來了」的心態，園區內所有東西定價都非常昂貴。

陸星延點了個雞絲麵套餐，一碗麵，一小碟青菜，一杯果汁，八十塊。

而且那碗麵分量極少，雞絲混在一堆薑絲裡，寥寥幾根。

相比之下，沈星若那份價值六十八的煲仔飯，分量就顯得足多了。

陸星延三兩下就吃完了一碗麵。

他明顯還沒吃飽，因為平日不怎麼碰的青菜都被吃光了。

見狀，沈星若頓了頓，將他裝青菜的碟子挪到自己面前，然後分了一半的飯過去——

「給。」

其實陸星延沒有很餓。

他現在完全被搜集周邊的愉悅感充斥著，男子漢大丈夫，飯少吃兩口也沒什麼關係，周邊必須買！

當然，未來女朋友分的飯，也是要一粒不剩全部吃完的。

於是沈星若再一次目睹了餓狼舔食。

她怔了怔。

離開餐廳，她又花了三十塊鉅款，買了一桶爆米花給陸星延。

好不容易才恢復了點精神，沈星若本來想下午就隨意逛逛，和小朋友們一起看看童話劇場也挺好的。

——不用排隊，一切好說。

可她萬萬沒想到，吃都堵不上陸星延的嘴。

剛拿到爆米花，陸星延就說：「妳喜歡刺激是吧，那我們去小紅帽漂流。」

沈星若下意識看了一眼APP，小紅帽漂流，排隊時長一百三十分鐘。

「我覺得……」

陸星延又說：「來都來了，該玩的遊樂設施我們還是要玩幾個，妳不是說不能半途而廢嗎，我仔細想了想，覺得妳說的很有道理。」

沈星若閉嘴了。

她心灰意冷面無表情跟著陸星延走到小紅帽漂流，已經做好離開童話鎮就直接去醫院截肢的打算。

可陸星延忽然又讓她先等等，然後跑沒了影。

等他回來，手裡多了張折疊小椅子，他說：「等一下排隊妳就坐著。」

沈星若：「……」

她盯著那張小椅子看了好一會兒，有很多話想說。

可最後她話到嘴邊，卻問了句，「這個，多少錢？」

陸星延：「不貴。」

也就區區一百八。

不然還能怎樣？沈大小姐雀骨崢崢拒絕升級快速票，又愛玩刺激設施，還不肯半途而廢。難道讓沈大小姐繼續站著排隊？

她樂意他都不樂意。

兩人慢慢融入長長的隊伍。

陸星延幫她打開小椅子，讓她坐下，還時時照應著往前挪移。

遠遠望去，也算得上是一道獨特的風景了。

沈星若和陸星延做慣了人群中的焦點，不覺得有哪不對。

可附近的人內心都在OS：升級快速票才三百，椅子一百八，還要排好幾個小時，都花得起錢買椅子了為什麼不升級個快速票？難道就是為了向普羅大眾秀個恩愛？

現在的小情侶可真是會玩。

沈星若對這些渾然無覺。

排隊的地方有冷氣，不用苦站，兩個多小時並不難熬。

她還和陸星延手機組隊玩了一款偵探遊戲，一路暢通無阻，她帶著倔強菜鳥陸星延升到了七顆星的等級。

期間她好幾次都想起身，讓陸星延坐一下。

可陸星延覺得站在她身後的感覺很好，每次都說不用。

於是她就這麼坐著小椅子，玩著手機遊戲，排到了小紅帽漂流。

排到勝利的曙光時，陸星延收起手機，去買了兩件雨衣。

他選擇這個設施除了迎合沈星若對刺激的要求，還因為它的雨衣特別可愛，雨衣帽子是一頂小紅帽。

他在攻略上看到這個樣式的時候，就下定決心今天必須要玩到這個設施。

帶小紅帽的沈星若他必須看到！一百三十分鐘算什麼！

陸星延回來時嘴角瘋狂亂他媽上揚。

沈星若有些狐疑，時不時瞥他一眼。

陸星延也一直在關注她穿雨衣的進度，兩人互相打量的目光幾次三番交匯。

等沈星若穿戴好雨衣，陸星延又迫不及待地把她的帽子掀了起來，「妳動作怎麼這麼慢，快點戴上。」

戴上帽子後，沈星若還有一截頭髮露在外面，陸星延將她頭髮往裡推了推，然後拉住旁邊兩根抽繩，輕輕一抽——

這是什麼絕世小可愛！

沈星若腦袋上冒出頂尖尖的小紅帽，巴掌臉蛋被帽子圈住了，搞不清狀況的時候眼裡有幾分茫然懵懂。

真的是！太可愛了！

一百八的椅子沒有白買！一百三十分鐘也沒有白排！完全沒問題！如果有評價系統他必須給童話鎮五星好評！

沈星若被他一頓擺弄，好半晌才回神，然後毫不客氣地拍開他不安分的爪子，警告道：「你不要動手動腳！」

陸星延低頭看她，唇角向上翹著，很好說話地「嗯」了聲。

沈星若愈發覺得怪異了。

又問：「你一直看我幹什麼？」

陸星延的唇角還是保持著向上揚的弧度，「妳好看啊。」

沈星若：「……」

剛好輪到他們上船，沈星若及時轉過身，跟著工作人員指引匆匆登船。

可她的臉，在別開的一瞬間不爭氣地熱了下。

然後她做了個很蠢的動作，雙手捂臉企圖降溫。

只不過她的手也很熱，捂在臉上，效果有點適得其反。

於是她在陸星延上船前，把帽子往前又拉了拉。

結束後依舊要穿過一個紀念品商店，沈星若對這些東西毫無興趣，倒是陸星延見到小紅帽，非要讓沈星若戴上試試。

沈星若依言試了。

簡直就是絕世小可愛！

陸星延二話不說拿了就要去結帳。

沈星若順勢瞥了一眼標籤，一六八。

她覺得這個遊樂園實在是太黑了一點。

「陸星延，別買了，我不需要。」

「不，妳需要。」

沒等沈星若再拒絕他又拿話堵她，「來都來了，總要帶點紀念品回去，這個我送妳。」

沈星若：「……」

很快陸星延又支開沈星若，讓她幫忙去附近買霜淇淋，然後又開始瘋狂搜集周邊。

這家店的店員更會說話，見陸星延眼都不眨連拍糊了的都一起 All in 了，忙說：「帥哥，你和你女朋友好登對噢，看起來太亮眼了。對了，你需要一些相框嗎？我們店有小紅帽主題的相框，照片配上相框可以保存更久的。」

陸星延點頭，「那來一套吧。」

「好的，相框是四十八元一個，請問現金還是手機？」

陸星延直接出示了付款條碼。

沈星若買完霜淇淋回來，就見陸星延提了一個大袋子，直覺告訴她一個帽子並不需要這麼大的紙袋。

她問：「你買什麼了？」

陸星延若無其事道：「隨便買了一點，開學送給李乘帆他們。」

沈星若：「……」

男生之間竟然也有互相送紀念品的習慣。

感覺怪怪的。

結束過雲霄飛車和漂流，時間已經不知不覺到了下午五點。

兩人都很累了，也都默契地沒有再提玩個熱門設施排隊，就走走停停，看看巡禮花車，買點零食，逛逛小店。

不過陸星延還是心心念念著要去坐摩天輪。

見摩天輪的排隊時長為九十分鐘，他把握好時間，在六點四十的時候，再次拉著沈星若過去排隊。

夜晚的童話鎮真的很像童話世界。

南瓜燈沿路照亮整個園區，鎖著萵苣姑娘的塔樓城堡通體發光，所有還在營業的遊樂設施也都亮起了燈光。

沈星若坐在椅子上，慢吞吞地往前挪著。

她今天實在太累了，排隊就排了七、八個小時，其中一半時間都是站著。

而且園區很大，他們從南邊走到北邊，又從東邊走到西邊，手機計步在來摩天輪排隊前已經到達兩萬步。

陸星延畢生的數學功底都用在了掐排隊時間上。

八點十分，兩人如願坐上摩天輪。

按四十分鐘一輪來算，他們將在到達最高點時看到今晚的煙火。

一切太順利了，陸星延感覺有點不真實。

他再三搜尋童話鎮裡的摩天輪行進速度和煙火燃放時間。

等到摩天輪行進到最高點，同時遠處煙花綻放的時候，他拍了一下沈星若，「喂沈星若，放煙火了！」

可沈星若沒有回應他，低垂的腦袋被他一拍，下意識往前栽了一下。

我靠！

睡著了！

這太不真實了！

陸星延輕輕拉了一下沈星若，沈星若就軟軟往他這邊倒，他連忙扶住，將她腦袋平放在自己腿上。

摩天輪還在緩慢地前行，窗外煙火朵朵盛放，陸星延不由得又想起論壇那個貼文下面的回覆。

他垂眸看了看沈星若。

沈星若大概是累得不輕，這時睡得很沉，煙火聲都沒能吵醒她。

他忍不住伸手，幫沈星若拂開碎髮。

她很白，也真的很好看，眼睫長而濃密，鼻子精緻挺翹，小臉瘦瘦的，唇色是偏透明的淺紅。

陸星延喉結滾動了一下。

有邪惡的念頭蔓延滋生……

不行，這樣太變態了，沈星若知道會把他釘死在棺材板裡的。

但她睡著了。

就親一下。

肯定不會被發現。

他搭在沈星若腰間的手稍稍收緊。

沈星若沒有反應。

很好。

陸星延的喉結再次滾動著，然後緩緩俯身，向下，再向下……

在離她的臉頰距離不足五公分的時候，陸星延心裡天人交戰著，最後欲望戰勝了道德，他抱著「反正在她心裡我也不是什麼正人君子」的想法，很快地在沈星若臉上啄了一下。

親吻的滋味……

對不起，太快了，他還沒什麼感覺。

那，再來一次？

對，反正親都親了。

當沈星若剛好轉醒，並意識到陸星延親了她，腦袋正一片空白不知該做什麼反應的時候，陸星延竟然又在她臉上親了一下。

這次停留的時間竟然還比上一次長。

他的吻有點涼，又很乾淨。

第二十一章　厚此薄彼

沈星若做事一向直接乾脆，但接連被偷親了兩下，她實在不知道該如何應對。

她一直沒動，維持閉眼的狀態，摩天輪外的煙火好像也在她腦海中炸開，一簇接著一簇，讓她短暫喪失了思考的能力。

——那就這樣閉眼裝睡，假裝什麼都沒發生？

好像也不錯。

於是沈星若在一片混亂中，就這麼打定了裝睡的主意。

陸星延親完兩次，總感覺像做夢一樣，不太真實。

等他回過神，再低頭看沈星若。

還是睡得很熟。

他的目光緩緩下移，從她的髮間，一路掠過眉眼、鼻樑，瓷白的臉蛋，最後落在了她的唇上。

就像出門旅遊，來都來了，總要買點紀念品。

那親都親了，陸星延覺得，總要親到嘴唇才算到位。

一回生二回熟，可這都預備來第三回了，陸星延還是有點緊張。

但一想到電視劇和書裡那些想幹壞事最後卻沒幹成的百分之九十都是因為太過猶豫，陸星延乾脆什麼都不想了，親完再說。

於是他一點也沒停留地緩緩俯身，吻上了沈星若的唇。

沈星若本來覺得裝睡是給彼此最好的臺階，但她沒想過，別人都是順著臺階往下，陸星延卻能順著臺階往上——得寸進尺地拿走了她的初吻。

再怎麼說，沈星若也只是個剛滿十七歲，言情小說都沒看過兩本的小姑娘，對初吻還是有點在意的。

她的耳根悄然發熱，眼睫也開始不規律地顫動。

——稍微注意一下就知道，她已經醒了。

只不過陸星延這時比她還要緊張躁動一萬倍，就算她把眼睛睜開了，他大概也要盯著看好幾分鐘才能回神。

不行。

心跳太快了。

就像是剎車失靈的超跑，往前橫衝直撞，怎麼也壓制不下來了。

陸星延想，他還沒被沈星若釘棺材板裡活埋，倒先要在摩天輪上因心跳過快猝死了。

不行。

丟臉。

不就是接個吻，緊張什麼？那以後上床還得了？

陸星延不停做著心理建設，與此同時還將沈星若摟得更緊了點。

時間一分一秒過去，他那躁動的心緒終於緩緩趨於平靜。

沈星若在經歷過一陣兵荒馬亂後，也終於有了些失去初吻後的實感。

她能聽到外面的煙火已經停了。

那摩天輪過不了多久應該就會到達最低點。

沈星若心裡還是很亂，但她總感覺只要還剩最後一分鐘，陸星延就不會放過再多親她一次的機會，所以她閉著眼皺了皺眉，假裝快要轉醒，腦袋也偏了偏。

這一招還是很有效的。

陸星延本來緩過來後，還打算再親兩下，預支這之後不知多久都不會再有的福利，可沈星若要醒了，他不敢再輕舉妄動。

下摩天輪的時候，陸星延叫醒了沈星若。

沈星若實在做不出一副剛轉醒時的睏倦模樣，就直接睜開眼，木著一張臉，下了摩天輪。

好在陸星延心虛得厲害，只顧掩飾自己，也沒發覺不對。

煙火放完，童話鎮也快要閉園。

兩人跟著人流，沿著南瓜燈鋪成的小道走往出口的方向。

一路上兩人各想各的，都很沉默。

夏日入夜，溫度驟降，地鐵站裡還開著很足的冷氣。沈星若站在通風口，被吹得不自覺抱著手臂摸了摸。

陸星延回神，將襯衫遞了過去。

可沈星若沒接。

陸星延乾脆幫她披上了。

沈星若縮了一下，嘴唇抿得很緊，慢慢繃直，倒也沒避開。

回家路上沈星若都戴著耳機聽歌，腦袋抵著旁邊的手扶欄杆，呈放空狀態。

陸星延好幾次想要跟她說點什麼，可目光一晃到她唇上就特別心虛。

回到落星湖。

裴月不在家，和她的小姐妹出去打牌了，大概要很晚才會回。

陸星延從冰箱裡找了麵包牛奶，問沈星若要不要。

沈星若定定地看了他幾秒，然後搖頭，直接上樓了。

陸星延本來也不想吃，將東西隨意塞回冰箱，跟在沈星若後面也上了樓。

沈星若關門前，陸星延喊了她一聲。

她回頭。

陸星延按著樓梯扶手，又刮了一下鼻頭，含糊著說：「沒什麼，我看妳今天好像很累，洗洗睡吧。」

回應他的，是重重的關門聲。

陸星延盯著門看了一會兒，指腹不自覺地掠過嘴唇，然後又彎了一下唇角。

沈星若在浴室待了一個小時，悶到快要缺氧才出來。

她睡不著，吹乾頭髮就坐到了陽臺上，也不知道在想什麼。

在另一間房的陸星延倒是忙得很。

洗完澡就將沈星若那些抓拍照都裝進相框，然後掛到了牆上。

雖然他不可能一直這麼掛著，但今晚就是特別想欣賞沈星若的照片牆。

掛好之後他還拿手機拍了張照。

拍完，他打開相簿欣賞，無意間卻翻到了之前許承洲傳給他的高鐵偷拍照。

他心念一動，又翻箱倒櫃找出八百年沒用過的照片印表機，把沈星若那張高鐵上的照片也一起列印出來，掛上了牆。

做完這一切，他靠在椅子上，雙手往後枕著腦袋，滿意地欣賞起來。

猝不及防，門口忽然傳來一陣門鎖擰動的聲音。

靠，他才想起他根本沒鎖房門！

可他起身阻攔的速度，完全趕不上沈星若闖進來的速度。

等他穿上拖鞋站起來，沈星若已經一路無阻走到了他的書桌前。

沈星若的目光從他身上掠過，然後又落在了照片牆上。

這套小紅帽主題的相框，剛好可以拚一面愛心狀的照片牆，陸星延也是按照說明書上的指示這樣掛的。

空氣靜默。

沈星若緩緩走至照片牆前，一張張打量。

陸星延大腦當了機，等沈星若全都打量完才重啟完畢。

他試圖解釋，「不是，妳不要誤會我是變態啊，這個就，就是今天在那個遊樂園，會有那個抓拍，抓拍妳知道吧。」

「然後他們工作人員非要我買，我覺得照得還不錯，妳看這個不是照得挺帥的嘛，我就買了幾張……另外那些是送的，然後這個相框也是送的。」

說完他自己都不信。

那遊樂園史上無敵坑。

送？送個屁。

陸星延繼續圓謊，「他們的相片特別貴，所以才送相框。而且它本來就是這個形狀，說明書還在桌上呢，不信妳自己看。」

沈星若沒說話。

好半天，她忽然指了一下照片牆最底端的那張照片，「那這個呢？」

——她指的，正是許承洲那張偷拍照。

陸星延大腦再次當機。

他盯著沈星若看了好一會兒，才解釋，「這是許承洲拍的，真是許承洲拍的，就，相框不是多買了嗎，我想著要掛滿，整整齊齊才好看。」

他張了張嘴，還想繼續說點什麼。

可實在是……

他自己都不信，還是閉嘴得了。

沈星若倒沒做出嘲諷之類的表情，只是安靜注視他。

陸星延迎上她的目光，心裡虛得很，眼神不自覺地就想飄開來。

忽然他想起一件事，咳了聲，又問：「對了，妳進我房間幹什麼，有事？」

沈星若沒答，只是慢慢走近。

她洗完澡後穿著一件單薄的無袖睡裙，青草綠的顏色，還未及膝，襯得她皮膚嫩生生的白。

靠近的時候，身上沐浴乳的清香混合少女的馨香，刺激著陸星延的大腦神經……

而且她越靠越近，走至近前，甚至脫開鞋子，赤足踩上了他的腳背。

然後她的手慢慢攀上他的脖頸，環繞著。微往上踮。

兩人的唇無限接近。

陸星延根本無法思考沈星若這突如其來的舉動是個什麼意思。喉結滾動著，眼瞼下垂。

下身在沈星若不知是否經意的撩撥間，快速起了反應。

「幹什麼？」

他聲音有點啞。

沈星若的表情與她的行為極為不符，是很冷淡的，甚至是正經認真的。

然後陸星延聽到她問：「你幹了什麼？」

「陸星延，敢做不敢當嗎？為什麼不承認？」

陸星延腦子和團漿糊似的，以為她在說照片牆，不知道該接怎樣的說辭，或者說他不知道沈星若想聽到怎樣的說辭。

沈星若等了一會兒，沒等到答案。

忽然又鬆手，從他腳背上下去，退了半步。

她低頭穿鞋，神色不明。

預感到下一秒她就要轉身離開，陸星延不經思考拉住她的手腕，然後又慢慢往下滑，握住了她的手。

沈星若看著兩人交握的手，目光微頓，視線上移，平靜地問：「什麼意思？」

「……喜歡妳。」

「我喜歡妳。」

陸星延也不知道哪來的勇氣，忽然脫口而出。

他注視著沈星若的眼睛，拉著她的手也不肯放，「照片是我特地買的，照片牆也是我特地掛的，我承認。」

「……」

「噢。」

很奇怪，真正聽到他的回答，她……感覺很奇怪。

有點開心，又有點難以言說的，暫時想要逃避……明明她對他的逃避感到不爽，但現在，她也很想逃避一下。

陸星延見她面上沒有任何波動，回應又很冷淡，心一下子就涼了大半截。

所以在沈星若拒絕之前，他先開口了——

「我知道妳可能沒有喜歡我，但我希望妳可以給我一個追求妳的機會。」

彷彿覺得這樣的話語沒有力度，他又不過腦子地瘋狂幫自己加碼——

「我現在可能還沒辦法變得很優秀，但我不蠢，也許我努努力，也能爭取考個五、六百分。」

「妳如果不討厭我的話，先不要急著拒絕，反正離升學考不是還有一年嗎，妳這樣的好學生肯定也沒有想過要早戀，妳就當這一年是觀察期，妳只是多一個追求者，也沒有損失。」

其實早戀也是可以的。

只不過他一上來就給出了「妳這樣的好學生肯定沒有想過要早戀」這樣肯定的結論，沈星若也不好推翻，再想想他那不到四百分的成績……

沈星若冷靜了。

她本來也不是戀愛腦，只不過被陸星延三番兩次欲蓋彌彰還死活不肯承認的舉動氣到了，這才跑來逼他說一句實話，免得被占了便宜還要胡思亂想是不是自己自作多情。

這時她腦海中迅速閃過陸星延前幾次考試的成績，頭昏腦熱回歸清醒，她推開陸星延的手，又「噢」了一聲，非常高冷地留下三個字，「隨便你。」

隨便我什麼？

陸星延想問清楚，可沈星若走得比闖進來的時候還快，他剛追到門口，就聽沈星若房間傳來很重的關門聲。

他走過去，敲了敲，然後站在沈星若房門口，問：「沈星若，妳的意思是我可以追妳？」

「那我真的追了。」

沒聲。

「妳不說話我就當妳默認了？」

三、二、一。

正當陸星延準備蓋棺定論的時候，房門忽然又從裡拉開了。

沈星若劈頭蓋臉朝他砸了一疊五顏六色的書——

「五、六百分？你以為分數是隨便說一說就有的？」

陸星延那本來就不是很高的智商一下被沈星若砸低了一半。

他眼花了一下，接住那疊書。

沈星若冷冷道：「暑假也休息夠了，明天開始補習。」

說完她就想關門。

陸星延眼疾手快，身體往前擠，「等等。」

沈星若抬眼覷他。

其實陸星延聽到她說補習的時候，心情忽然明朗起來。

非常簡單的邏輯——她都願意繼續幫忙補習，那一定是不討厭他的，說不定還有點好感。

意識到這點，陸星延整個人都快原地騷成了狐狸精。

「補習完全沒問題，但我想跟妳商量一件事。」陸星延上下打量著沈星若，忽然露出個懶洋洋的、不正經的笑，「妳補習的時候能不能多穿一點，不然我沒辦法專心讀書。」

沈星若聽了，一秒都沒停，「砰」地一下關緊了門！

陸星延臉都差點撞平了，他伸手摸了摸，又莫名其妙笑了一下。

不過很快，陸星延就感受到了什麼叫做——放話一時爽，補習火葬場。

之前沈星若幫他補習大多是用以應付考試為主，再加上他的主觀能動性也就那樣，三天打魚兩天曬網的，補習進行得並不系統。

換言之就是，沈星若還不知道他到底有多差。

這次補習，沈星若上來就讓他做了一份六科的模擬試卷當作評估。

他寫試卷的時候，沈星若就在旁邊列背單字的計畫。

最後成績倒是比預料中稍堪入目一點。

沈星若將其放在一旁，又說：「三千單字我看你也背不完，還是背升學考重點單字吧，背三輪，這個計畫表是持續到升學考前一個月的。」

陸星延：「三輪？」

沈星若：「三輪也就是勉強記住而已，你不是說自己不蠢嗎，這些單字都背不下來，你拿什麼考五六百、拿什麼當我男朋友？」

行了知道了。

陸星延趕忙比ＯＫ手勢。

接下來沈星若又將自己的各科複習計畫都降低難度和強度，比照著做了一份給陸星延。

暑假一個多月，差不多有一整個月的時間，陸星延都在痛並快樂地參與補習。

期間狐朋狗友多次約他出門，他全部都拒絕了。

問起原因，他也只回覆實誠又見鬼的四個字——我要補習。

狐朋狗友們也不知道為什麼，從這四個字裡隱隱嗅出一股炫耀感和優越感。

時序八月初，盛夏蟬鳴不絕於耳，蔥綠香樟遮蔽林蔭過道，單車在明禮校門口留了一道又一道車轍印跡。

不知不覺，高三的開學日期又漸漸逼近了。

開學前半個月，裴月安排人打掃了星河灣的房子，還挪了不少新家具進去。

整個間屋子很快煥然一新。

除此之外，她還幫周姨加了薪水，又找時間跟王有福通了電話，無外乎就是讓人多多照顧兩個即將成年的大朋友。

裴月這般提前打點操心，將陸星延和沈星若的高三生活安排得面面俱到，其實也是有原因的——她要和陸山去南城了。

接下來的一年，不僅對陸星延和沈星若至關重要，對陸山來說也很關鍵。

金盛前不久剛剛進駐南城，一舉拿下多塊地皮，並和南城政府達成了區域發展的戰略合作目標，要開發幾個重點案子。

這意味著接下來一、兩年裡，他的工作重心將要轉移到南城。

陸山長期在外，飲食習慣不好，有脂肪肝。

迎來送往的飯局上又少不了喝酒，暑假有一次喝多了，還進了醫院。

而且裴月聽小姐妹說過好幾次，這一、兩年她沒怎麼跟著陸山天南海北地出差，金盛有些小妖精就不那麼安分了。

她不放心。

思來想去，她覺得沈星若和陸星延住到學校附近，又有周姨照料，其實沒什麼可擔心的。

她除了指揮人和買買買，其他事都不在行，留在星城也幫不上什麼忙。

反而是陸山那邊比較值得擔心。

於是她決定要和陸山一起去南城住一段時間。

反正也不是很遠，週末回來也很方便。

提前安排好陸星延和沈星若，落星湖這邊倒是沒有什麼不妥當的。

——除了陸星延弄回來的那隻白孔雀。

白孔雀一直是裴月和周姨在養，現在已經長大很多了，羽翼漸豐，也越發有光澤。

落星湖的獨棟別墅有草坪有花園，養隻孔雀自然不在話下，但這孔雀總不能讓周姨帶去星河灣，她也不能帶去南城。

裴月想了想，將白孔雀託付給了自己的好姐妹。

人家爽快，一口應下，還特地帶小孫子一起來陸家做客，順便接走小孔雀。

她這姐妹當奶奶當得早，兒子比陸星延還不聽話，剛滿二十就把人家小姑娘搞懷孕了，又要死要活鬧著是真愛絕不墮胎絕不分手。

那還能怎麼辦，只好匆匆辦了婚禮當是補票。

不過讓人欣慰的是，她這兒子結婚之後竟然收心了，在自家公司踏實幹活，一家三口也和和美美。

現在她的小孫子都已經兩歲多了，乖巧聰明，十分惹人喜愛。

吃飯的時候裴月一直誇人家好福氣，「妳現在是什麼事都不用想了，哪像我，妳看我家陸星延，腦子也是個不開竅的，我哪敢盼孫子，那都不曉得多少年以後的事了！我現在啊，就希望他能好好考個大學，上大學再交個好女朋友。」

陸星延不慌不忙地夾著菜，抬頭覷了一眼沈星若，唇角噙著似有若無的笑。

沈星若目不斜視，見裴月的碗空了，又幫她舀湯。

裴月那小姐妹一見沈星若就喜歡得不行，再加上裴月平時也沒少在她面前炫耀這個小姑娘，她就揶揄起來，「妳操什麼心啊，這不就有現成的嗎，和妳家陸星延年紀差不多的小姑娘我可沒少見，哪有星若這麼標緻的。」

「妳說陸星延配星若啊，」裴月擺了擺筷子，「得了，他以後女朋友有若若十分之一，我都謝天謝地了。」

「妳也真是的，妳家陸星延長得這麼好，就妳三天兩頭沒一句好話。」

畢竟是十幾歲的小男生、小女生，兩人也沒當著面多加調侃，很快又聊起了美容的話題。

一說起美容，兩人都充滿了幹勁，下午就想去新開的美容中心探探路。

可周姨今天不在。

——早知道就不帶孫子出來了。

不過裴月不是一般人，一有了興致，就會想方設法排除阻礙。

在陸星延和沈星若吃完飯去放碗筷還渾然不知的情況下，她就幫兩人打了包票，「這有什麼，把杭杭留給他們帶，他們都很喜歡小孩子，再說了，妳家杭杭也乖，只要哄睡著了能睡四、五個小時，到時候我們都回來了。」

也是。

於是兩位中年姐妹就這麼愉快地下了決定。

毫無心理準備地接到已經被哄睡的小朋友一枚，陸星延和沈星若都不知從何下手。

這位叫杭杭的小朋友看起來的確很乖。

吃飯的時候安安靜靜，只是咕嚕嚕轉著那雙無辜的大眼睛。

睡著了也沒發出一點聲響，睫毛長長，長大後大概又是一隻純天然的睫毛精。

但小朋友都是很具有欺騙性的，誰知道這時候乖乖巧巧，下一秒醒來會不會像定時炸彈般一頓亂炸。

沈星若把他安頓在陸星延的床上睡覺，然後督促陸星延寫今日份的試卷。

夏日下午的陽光被隔熱玻璃窗過濾後，溫暖卻不灼人，曬得人懶洋洋的，很適合睡覺。

陸星延試卷寫到一半，沈星若已經在旁邊打盹了。

她的皮膚在陽光下呈現出一種透明的潔淨感，唇色也是接近果凍的透明淺粉。

補習一個月了，除了挨罵還是挨罵，連牽手的福利都沒提前預支過，再加上最近又做了兩次春夢，陸星延實在是有些躁動了。

他放下筆，手撐著沈星若的椅背，慢慢俯身靠近，靠近……

「哇！」

就在雙唇即將碰觸的瞬間，身後傳來一聲清脆嘹亮的哭嚎！

「奶奶！奶奶！嗚哇！嗚嗚嗚……」

沈星若被驚醒，睜眼。

陸星延還沒來得及往回撤，就與她近距離地四目相對。

沈星若怔了怔。

不過她這時沒功夫找陸星延算帳，直接推開陸星延的臉往後望。

杭杭小朋友不知道什麼時候已經轉醒，坐在床上嚎啕大哭起來。

陸星延一面懊惱自己動作怎麼不再快一點，一面又腦袋生疼，沒什麼好臉色地瞪了杭杭小朋友一眼。

然後杭杭小朋友哭得更大聲了。

靠……就你會哭，把你給能的。

見沈星若已經走至床邊不熟練地哄人，陸星延推開試卷也起了身，直接將杭杭小朋友拎了起來，不耐道：「你哭什麼哭啊？起來，自己去玩。」

回應他的是一陣愈發撕心裂肺的哭嚎。

「陸星延你幹什麼，他才兩歲半。」

沈星若從他手裡截下人抱進懷裡，然後又冷冷訓斥。

陸星延散漫地笑著，「小姐姐，我也才十七歲未成年呢，這補習一個月都被妳罵到麻木了，我還是妳的男朋友預備役，是不是太厚此薄彼了。」

沈星若實在是不擅長哄人，小朋友的哭嚎吵得她有些神經衰弱，太陽穴突突直跳，陸星延又在她面前嘮嘮叨叨沒完沒了。

她忽然將小朋友轉成背對兩人，然後踮腳輕輕吻了下陸星延的臉，「還薄嗎？」

「……」

「不薄了就把人哄好繼續寫題目。」

——未完待續——

高寶書版集團
gobooks.com.tw

YH 073
草莓印（02）

作　　者　不止是顆菜
責任編輯　吳培禎
封面設計　陳采瑩
內頁排版　賴姵均
企　　劃　鍾惠鈞

發 行 人　朱凱蕾
出　　版　英屬維京群島商高寶國際有限公司台灣分公司
　　　　　Global Group Holdings, Ltd.
地　　址　台北市內湖區洲子街88號3樓
網　　址　gobooks.com.tw
電　　話　(02) 27992788
電　　郵　readers@gobooks.com.tw（讀者服務部）
傳　　真　出版部(02) 27990909　行銷部 (02) 27993088
郵政劃撥　19394552
戶　　名　英屬維京群島商高寶國際有限公司台灣分公司
發　　行　英屬維京群島商高寶國際有限公司台灣分公司
初　　版　2022年2月

本著作物《草莓印》，作者：不止是顆菜，由北京晉江原創網絡科技有限公司授權出版。

國家圖書館出版品預行編目(CIP)資料

草莓印 / 不止是顆菜著. -- 初版. -- 臺北市：英屬維京群島商高寶國際有限公司臺灣分公司, 2022.02
冊；　公分. --

ISBN 978-986-506-347-4　(第1冊：平裝)
ISBN 978-986-506-348-1　(第2冊：平裝)

857.7　　111000668